水墨與詩對酌

張默

【推薦序】

皓首勤耕一詩翁

——為張默的詩書畫集作註

瘂弦

有一年，文壇前輩吳魯芹先生回台灣講學，老先生有一本書交洪範書店出版，書名《餘年集》。我問他為什麼取了這麼個書名，吳老笑著說是不是感覺衰颯了點兒？莫非是對以餘來形容年歲有意見，他告訴我其實這個「餘」字還蠻好的，人到老年一定會用到它。

經過一翻搜尋，我終於了解餘字深刻的意涵。原來中國人治學早有所謂「三餘」的說法，那便是冬者歲之餘，夜者日之餘，陰雨者晴之餘。白石老人齊璜也有屬於他人生的三「餘」，畫者工之餘，詩者睡之餘，壽者劫之餘。當我看到這個「劫」字，心頭為之一驚，大師對苦難生活的反思畢竟不同。

吾友張默以詩名世，耋耄之年猶醉心於旅遊與書畫，三方面都有重要收穫，為他的晚年生活，增添了另一種風采。我覺得這也是在「餘」的觀念下，他文學事業和文化生活的一種轉變和增進；從故鄉看世界，到從世界看故鄉，從詩到書法，從書法到繪畫，鏘鏘然，一路奮進，好像忘記他已經是八十多歲的老人，忽然變成了早年辦「創世紀」的那個小伙子。人說不怕老，不服老，老要老得美麗，老得有尊嚴，張默配得上這樣的讚美。

「張默的三餘」體現的是這樣的理路：

一，愛旅遊：這些年，張默遊蹤遍及全球四十多個國家，一百多個城市，其中不少是詩人和藝術家的工作現場，他花了很多時間進行了深度的觀察並做紀錄，為創世紀的資料室增加了不少新材料。更重要的是，他以快筆速寫的方式，嘗試紀遊詩的創作。選出了一百三十多首詩出版，集名《獨釣空濛》。在台灣文壇視旅行文學為顯學的今天，他的這些「馬上詩」，具有添磚加瓦的作用。

我曾問張默如此的壯遊一共花了多少錢？他說不好說，反正把家中多年的儲蓄全擺上了。我想這樣的行徑夠大氣，值得。

他環遊世界的方式還有一個特點，就是把旅遊的第一站定在左營。左營是我們的老巢，我戲稱那是「創世紀革命策源地」，哥兒們的老家。幾乎所有的夢想都從那個小城開始的。

二，書法：張默自幼成長在安徽老家庭訓的氛圍裡，六歲到十歲念私塾，在舅舅的督促下曾接受過初級的書法訓練，臨帖、描紅都經驗過，不過到台灣後這種學習就終止了，長達四十年沒有碰過毛筆。台灣新詩界善書者不少，並各有其風格，如戴蘭村（葉泥）、羊令野、洛夫、周夢蝶、曹介直等。張默正式開始學書法比較晚，不過他做事一向威猛，一啟動就廢寢忘食，如醉如痴。在學習的路程上他不是土法煉鋼，而是有所師承。一般說來，他比較不重臨帖，只是廣覽歷代書法家的碑帖，二王、揚州八怪諸家之外，最讓他心折是米芾。材料方面他喜歡用品質較高的宣紙，他認為如此才能體現一種淋漓的墨韻。紙，是書法的載體，馬虎不得，這幾年他大概用了六千張高級宣紙，還央請名家刻製了數十方四字圖章備用。張默常恨自己不諳篆刻，他希望有一天能拜師學習。

一般書家常常把前人的名句雋語作為書寫的內容，他卻是以當代詩人的作品作為題材，用他的話說是「以毛筆浮雕台灣現代詩的風景」。他近年手寫的《台灣現代詩手抄本》受到很多人的讚賞，手抄，自古就是最敬謹的書寫形式，很多宗教都採用抄經的方式來敬拜修行，對於張默來說他乃是以手抄方式來神遊詩友們的作品。另外，他也把他的「戲仿現代名詩二十家」的手抄珍本贈給「少數的有緣人」，這些作法可以說是文人相敬的一種表現。年前，他並對他作品的傳播方式訂下一個原則，那就是只捐（贈送）不賣。

張默藝術上的行速極快，經過如此認真的歷練，屬於他個人的獨特書風已隱然成型。他的字以行書見長，書風舒展大方，瀟灑自如，可以看作是一個正直的人習詩問墨的樸素過程。偶而也體現一種年邁者人生的感慨，所謂東隅已失，桑榆非晚，展紙用墨，結體布局，隨意為之。對於章法，他喜歡石濤所說的無法而法，知法而不墨守成規，法無定相，氣慨成章耳。書法家董陽孜說書法藝術可以隨意為之，就像爵士樂那樣，有很大的空間供演奏者即興揮灑。這樣的看法跟張默很接近。

三，繪畫：一九八四年二月，台北「新象藝術中心」舉行「中義視覺詩展」張默與十二位詩友參加，通過繪畫形式表達自已詩作的內涵。拿筆作畫的經驗雖然十分新奇，但並沒有持續下去。在當時保守人士的眼中，現代詩人和現代畫家是一夥的，說他們是一條有毒的雙頭蛇，對國家文化發展有害。由於這種打壓，使這批藝術青年靠得更緊，在創作美學思想親密的交會下，他們的作品體現出一致的精神風貌，詩與畫的結合兩種形式的互換試驗，變得極為自然。楚戈、羅青、管管、商禽、碧果、沉冬等詩人紛紛拿起畫筆，建構起視覺美天地，成績不弱。張默從事繪事也有三十多年，他採用中國傳統水墨趣味，以及「東方畫會」、「五月畫會」畫友們常用的技法，把抽象、超現實主義、自動性技巧渾然合為一體，表達出詩與畫兩者交會後的那種「抒情的出神狀態」，他說那種狀態無以名之，就像乘坐不繫之舟上的逍遙遊，令人樂而忘返。

本書中的那些畫也像他的書法一樣，是以當代詩人的詩為畫題，他形容那是「以彩墨為新詩加花邊」，這種作法使此書成為一本友愛之書，洋溢著真摯溫馨的情致。這本書中詩畫創作的時候張默已經八十六歲，他把台灣新詩從一九零六年到一九九五年來了一翻總巡禮，選出一百八十人的作品，一人一幅，把詩中的金句組織在畫面上成為一個作品，如此的工程，何其浩大！張默這種老而彌堅的精神，令人敬佩。

古人的三餘，齊白石的三餘，張默的三餘，都在說明一種堅持、一種負責。轉變與增進，乃是為了體現生命事業的最高完成。

餘字之為用大矣哉。

【推薦序】

水墨與詩對酌，觀者都醉了

蕭蕭

二〇一四年，張默先生決定在辦過《創世紀》（一九五四—）六十歲慶祝活動之後，不煩詩事，改操畫筆，兩年後高壽八十六的他果真推出色彩繽紛的《水墨與詩對酌》，雖說是不煩詩事了，仍然逗留在詩的圈子裡，只是更多的時間溜出界外，藉著詩友的想像，伸展他水墨與顏彩的想像，藉著水墨與顏彩的興奮，揮灑他八十六年來未泯的童心。

其實，他的老友瘂弦先生早就借「一日童子軍，一世童子軍」的名言，說過「一日詩人，一世詩人」的預言，詩壇上自稱「詩痴」且得到多數人肯認其痴的張默，這一輩子是不可能與「詩」脫除關係吧！

二〇一四年初張默就已推出《台灣現代詩手抄本》（一九五〇—二〇一三），他以毛筆在宣紙上一撇一捺謄錄詩友作品，分為「創世紀同仁卷」、「創世紀摯友卷」、「年度詩選編委卷」、「現代女詩人卷」，詩人一百八十六家、詩作六百三十餘首。閑章紅，墨色黑，我認為這是張默以書法在寫台灣新詩史，以張默的詩觀史識在辯證台灣新詩的進化與演變。在創世紀鐵三角和平而無形的賽程裡，展現洛夫與瘂弦所未曾有的優勢。

往前看，一九九八年五月，張默就曾手抄自己的詩作而成《遠近高低》，初試身手；二〇一一年張默完成「台灣新詩長卷」，書寫眾多詩友作品贈予國家圖書館，開啟新詩推廣、珍藏的另一扇門。至乎二〇一四年的《台灣現代詩手抄本》，逐漸從自身及於「創世紀」同仁、摯友，門戶越開越大，視野越看越廣，孔子曾有年老時「戒之在得」的警惕，張默從自己的作品出發，逐漸拋除詩社的包袱，「寫」「詩」，只要是好詩，他就為她書寫。所以最新的《水墨與詩對酌》（二〇一六），他從日治時代一九〇六出生的楊華開始對酌，楊熾昌、王白淵、林修二、錦連……逐鹿而下，慢慢及於白豐源、余小光，以至於一九八九出生的宋尚緯，是台灣新詩壇的全視野觀照，張默的詩觀、史識在這冊藝術集中得到完整的發揮。

以兩性平衡的觀點看詩壇，張默也是一位率先前行的引領人，上個一九八一他就在爾雅出版社編選《剪成碧玉葉層層：現代女詩人選集》，令人驚豔，三十年後，他又增補為《現代女詩人選集》（一九五二─二〇一一），更臻周全完美。此書的前身《台灣現代詩手抄本》（一九五〇─二〇一三），他在「創世紀同仁」、「創世紀摯友」、「年度詩選編委」之外，另立「現代女詩人卷」，顯然在詩的交會瞬間，女詩人詩作中特殊的靈性是他心境激動的源泉，所以《水墨與詩對酌》中當然會有女詩人專輯，從一九二一出生的陳秀喜以下，到一九九五的鍾昀融，年紀相隔七十五載，猗歟盛哉，繁華無比。

《水墨與詩對酌》我們稱之為詩藝合集，她與《台灣現代詩手抄本》最大的不同，是張默大步邁出如實抄謄的書法傳統，也邁出畫學津梁《芥子園畫譜》的格局，以自創的抽象水墨畫技，安置不同的詩篇，越界演出，線條、色澤、塊狀、點畫、留白、濃淡、造型、簽字、印章、閑章……，或伏、或騰、或飛、或越、或佇、或立、或行……，琳瑯滿目，珠玉盈耳，適合把玩，適合細賞，適合在詩與畫之間自由穿梭，任意進出，抽離了形象，超越了可以觸摸的現實，那是詩人的詩語言、畫者張默的筆觸、讀者觀者的想像觸角，相互激盪，相互安撫的過程，另有的、別開的語境、畫境、詩境，已經不專屬於詩人、畫家或讀者。

張默自謙是「以彩墨為新詩加花邊」，意外的收穫可能是：新詩成為張默水墨的花邊。張默或許認為這是晚年的戲筆，想不到的是：這詩藝合集也可能成為研究他對新詩發展脈絡的新爬梳、總檢驗的最佳證物。

更沒有想到的是：他所擷取的、繪製的、林亨泰的〈國畫〉，很可以作為他這冊詩藝合集的最佳寫照。

在故事的草叢中
古人們的蛋，孵化了
大霧中（葡萄酒味極濃）
山河也都醉

張默請來水墨與詩對酌，我們欣然與會，那份真摯、溫馨、典雅、情愛，那份水與墨、詩與畫、昔與今、物與我的潤澤，那興會，暢快淋漓，觀者一入席都醉了！都醉了吧！

——二〇一六年白露前　蟲澤湖邊

目次

A編

B編

A編

水墨小品

黑潮集

——四十七帖

飛鷹飢餓了，徘徊天空

想吞沒一顆顆的星辰

——錄楊華名詩

紙魚

在酒歌裡天亮

土器的音響和土人的

嘴唇裡，開著詩的花

——錄楊熾昌名詩

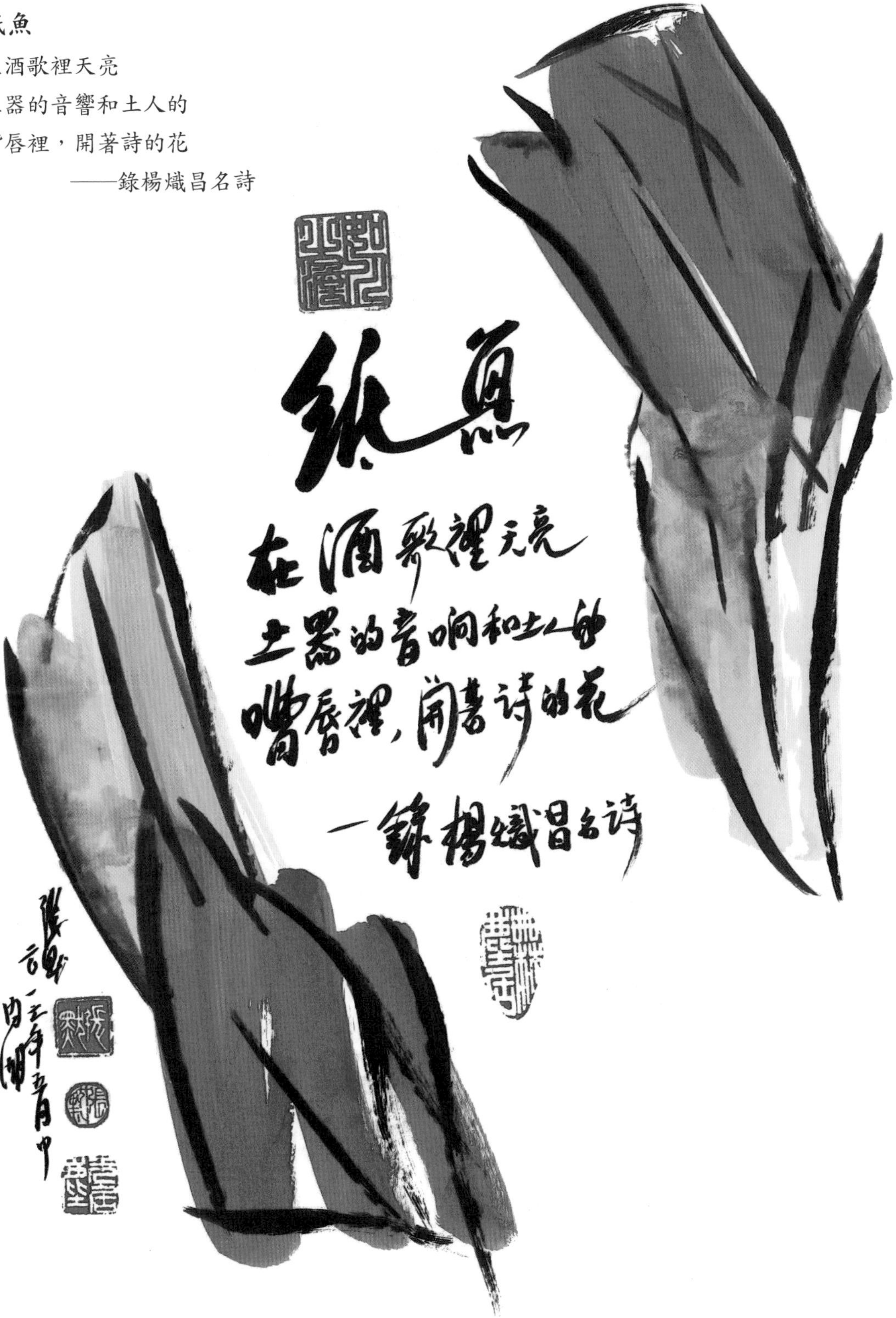

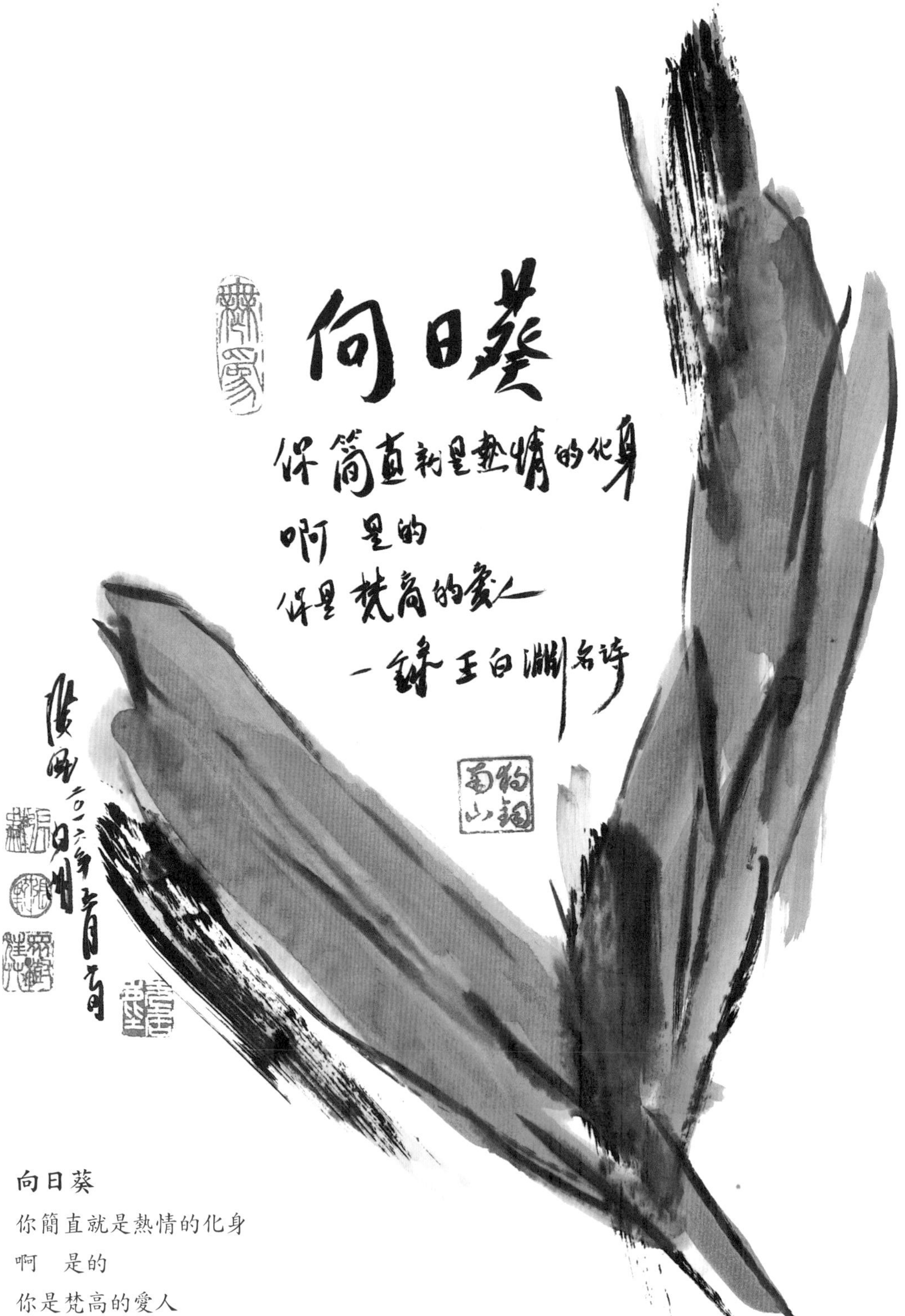

向日葵

你簡直就是熱情的化身
啊　是的
你是梵高的愛人
——錄王白淵名詩

靜謐的愛
走上看得見大海的丘岡上
你是星，是花
妖美的詩神在呼喚
——錄林修二名詩

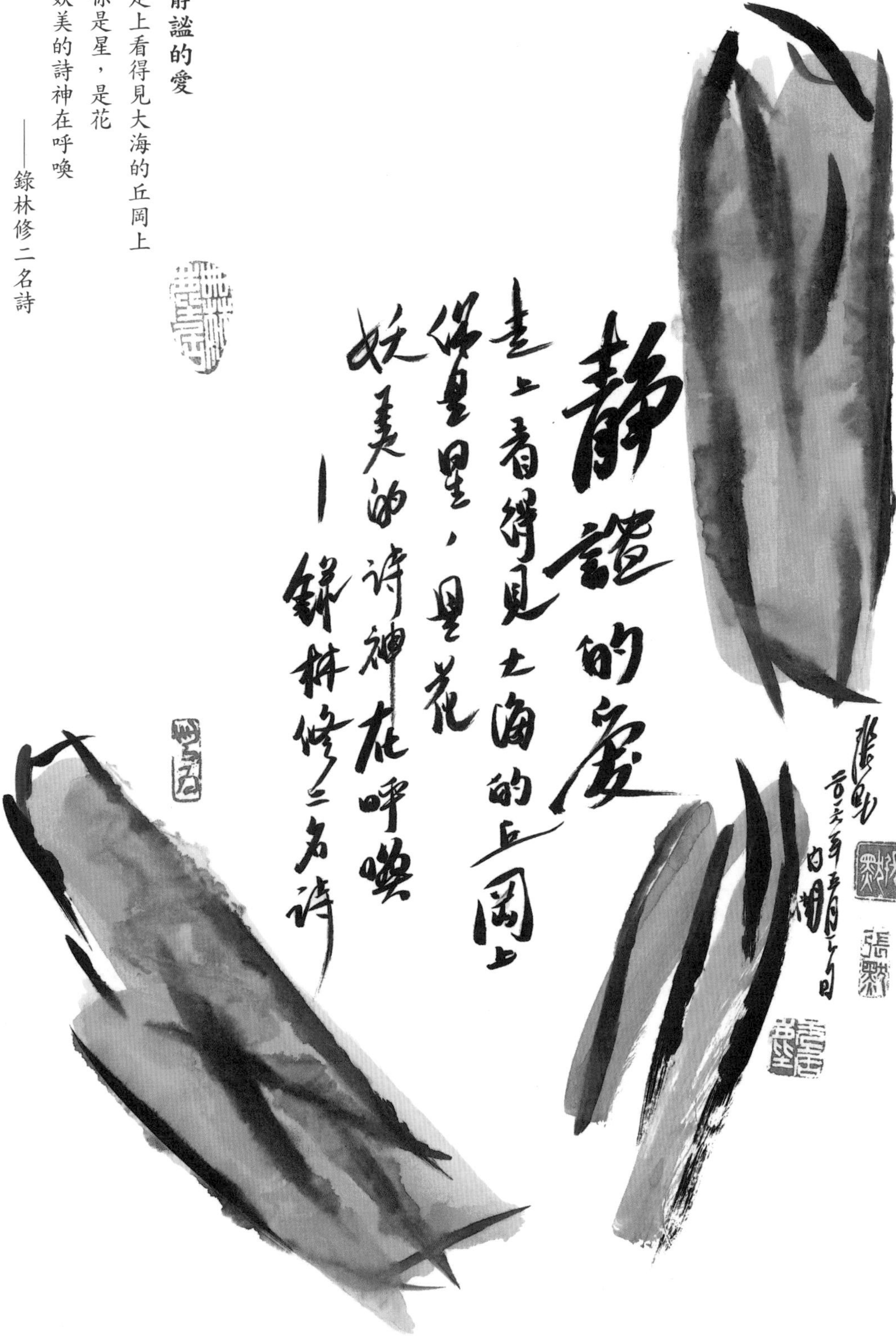

貝殼

詩人高克多說
他的耳朵是貝殼
充滿了海的音响
——錄覃子豪名詩

戀人之目

戀人之目
黑而且美
十一月
獅子座的流星雨
——錄紀弦名詩

乳

圓潤，勻稱

美學上永恆的焦點

——錄鍾鼎文名詩

剎那
地球小如鴿卵
我輕輕將它拾起
納入胸懷
——錄周夢蝶名詩

薔薇啊，昂首

薔薇啊！以你多刺的手
握住那滾滾而來的落日
刺繡一個燒燒的早晨
——錄羊令野名詩

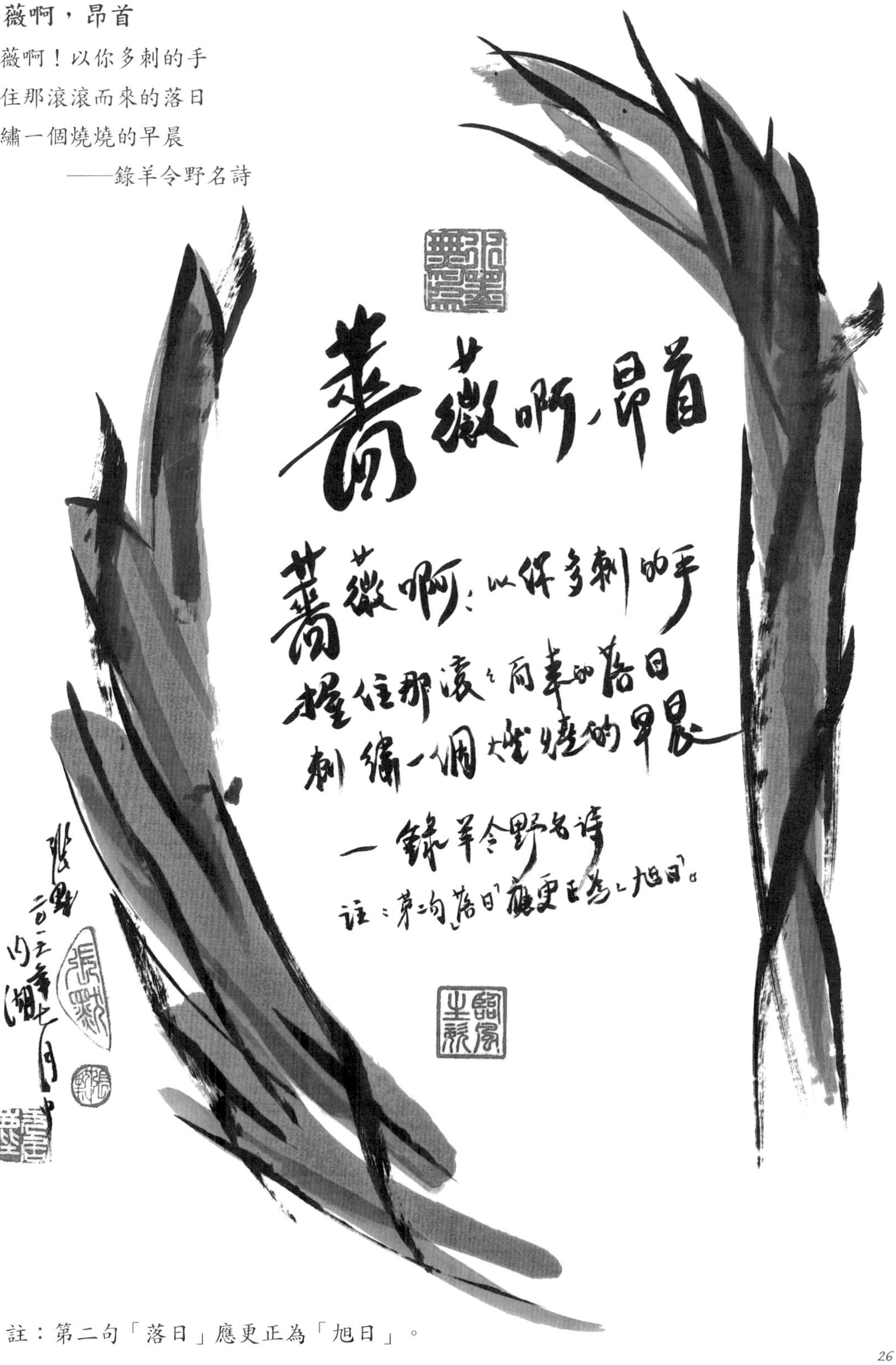

註：第二句「落日」應更正為「旭日」。

國畫

在故事的草叢中
古人們的蛋，孵化了
大霧中（葡萄酒味極濃）
山河都醉了

——錄林亨泰名詩

墓誌銘

他的遺產目錄裡
有花，有星
又有淚

——錄詹冰名詩

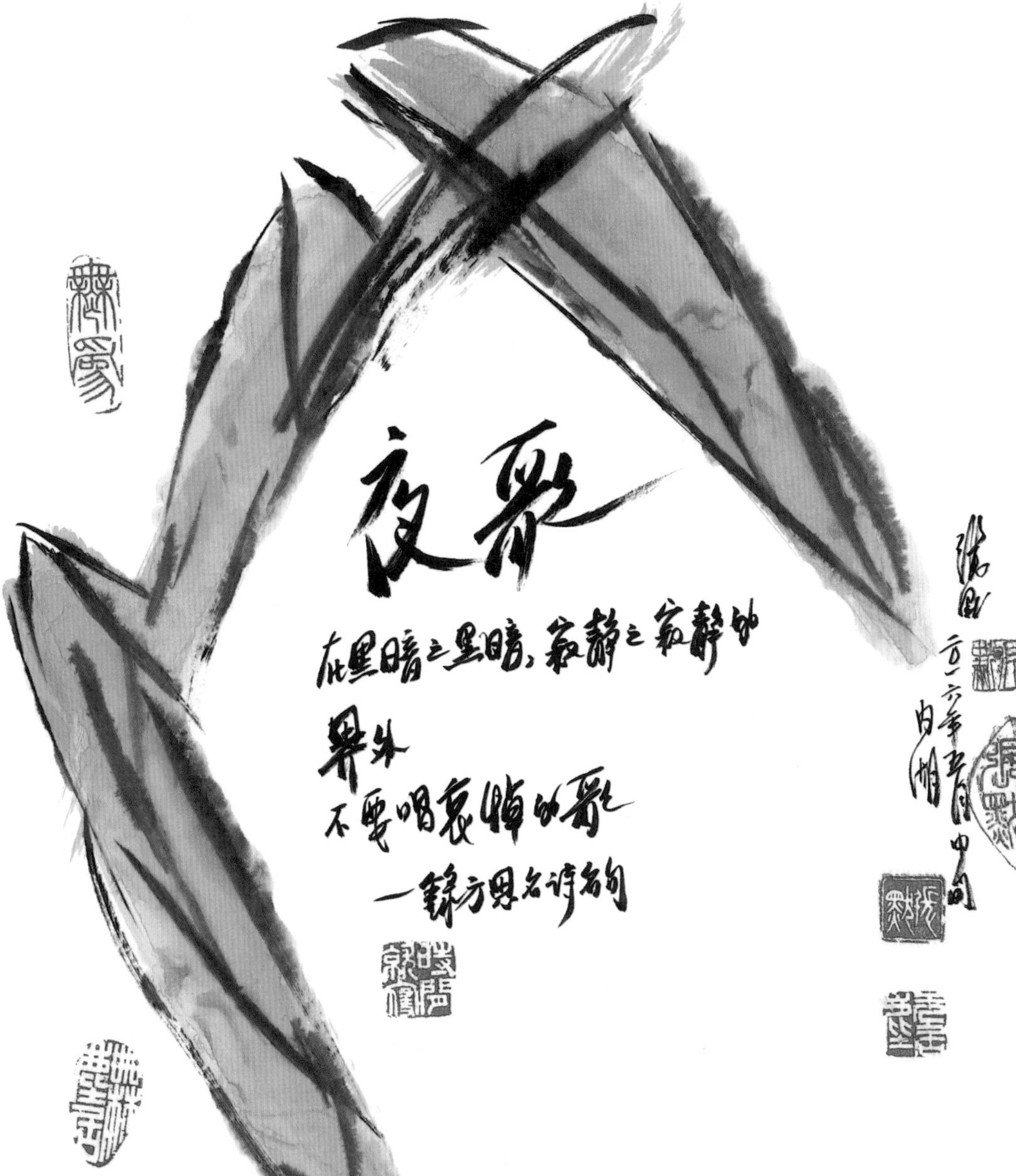

夜歌

在黑暗之黑暗，寂靜之寂靜的

界外

不要唱哀傷的歌

——錄方思名詩

獵鹿的過程
還是坐下來，用眼去捕捉
雷射的速刻
心的雕刻

——錄夏菁名詩

冷的方程式

我抬起頭來的雙肩，把累積的
風雨舉高而堆升到
我的髮尖，而後
降落到大地

——錄彩羽名詩

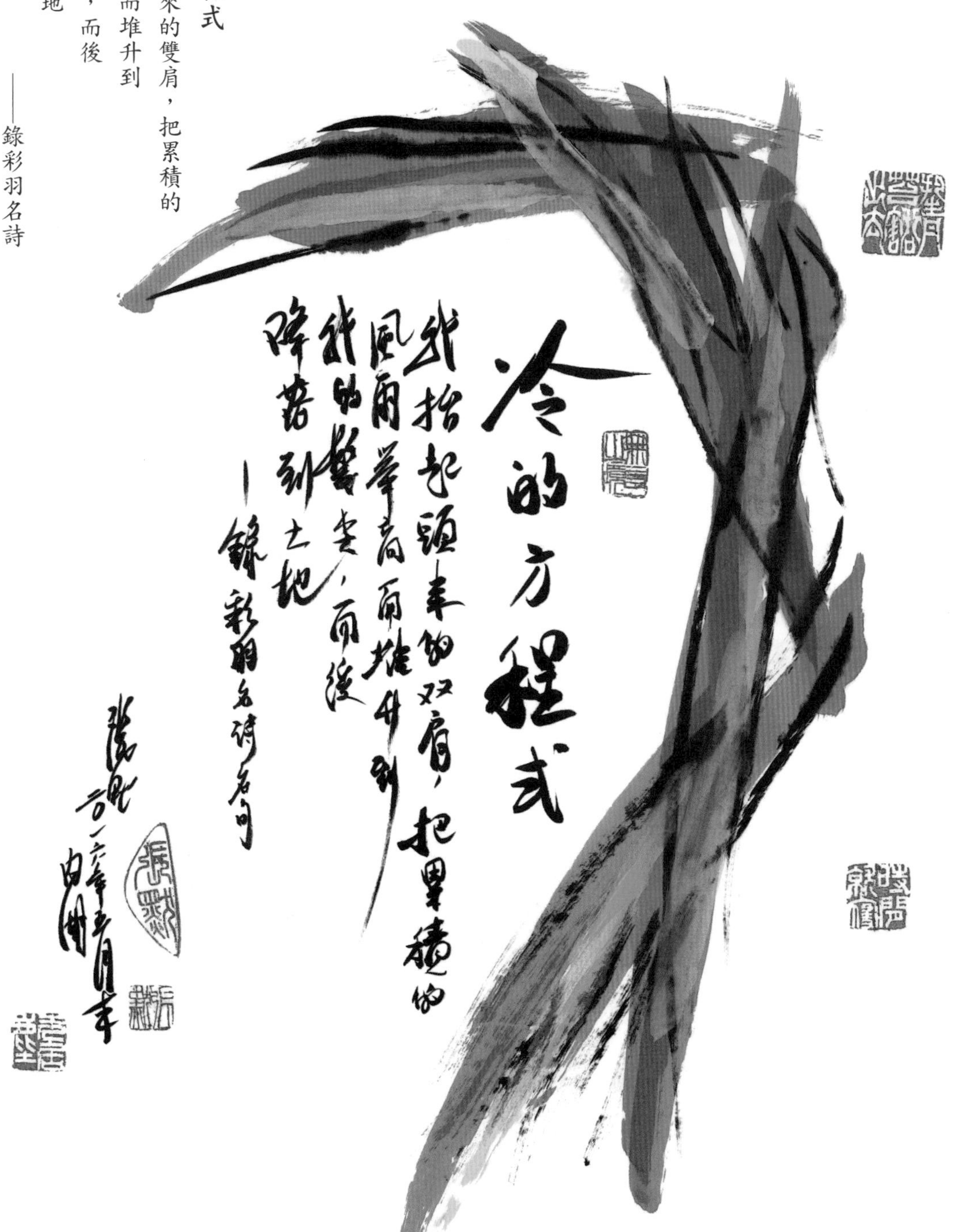

獨坐

一整個下午電話無話
最後是再也分不清楚
是我更空些還是空山更空
——錄余光中名詩

地獄圖

沉沉地，日月皆是黑暗的重疊
一棵發光的樹下
他屈伸撿起了月亮
仰天而不停地把手臂伸展
——錄錦連名詩

八斗子物語

晚潮中，八斗子港灣的漁船
在爭相傾訴
生之悲愴

——錄洛夫名詩

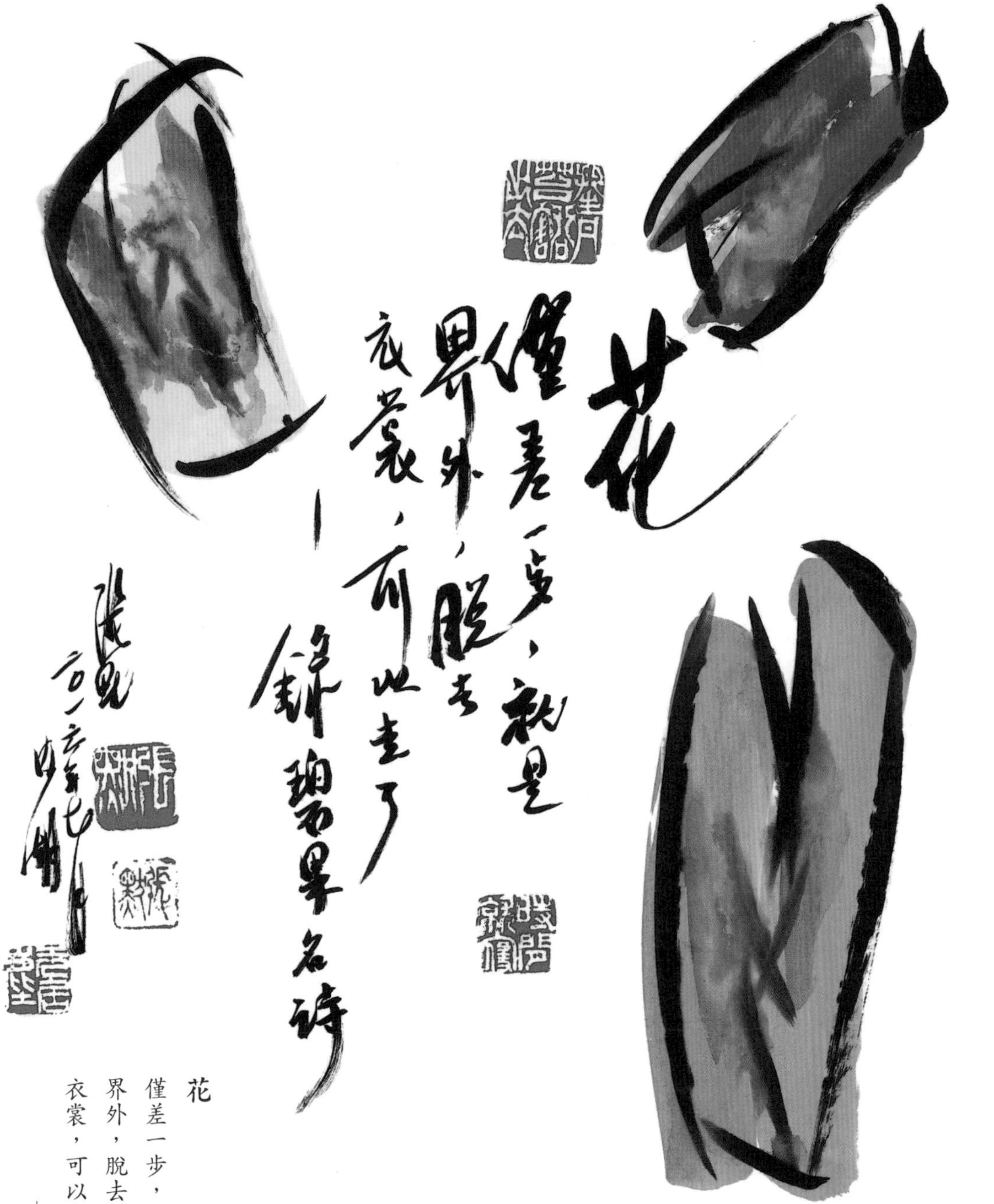

花
僅差一步，就是
界外，脫去
衣裳，可以走了
——錄碧果名詩

冷

入夜，小小的斗室
一盞小小的燈
鳳蓋般的擁著
一個小小的影子
——錄向明名詩

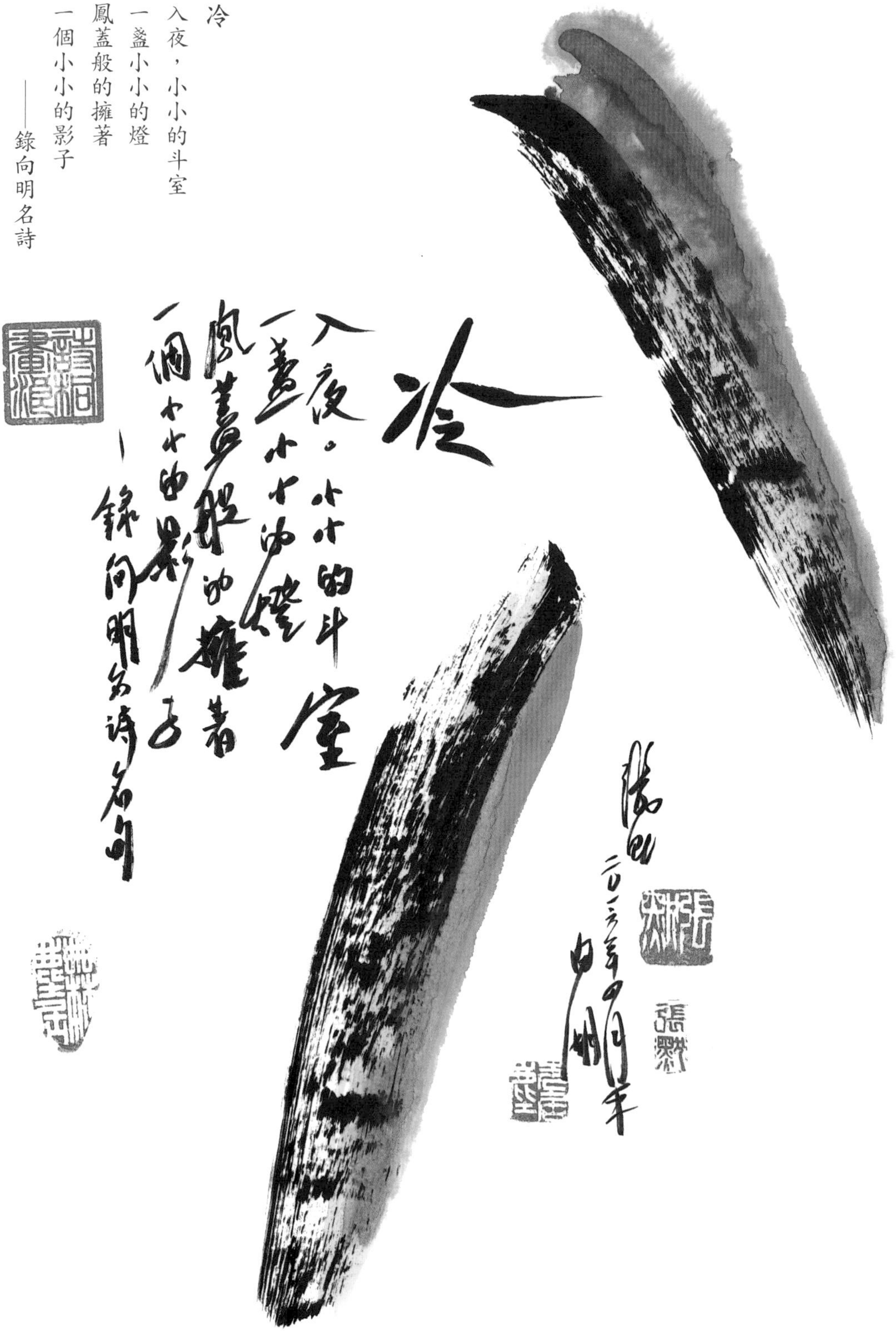

康橋踏雪

老天磨了一夜米粉
清晨牽著驢子走了
我穿上嶄新的糕模
沿路壓花

——錄大荒名詩

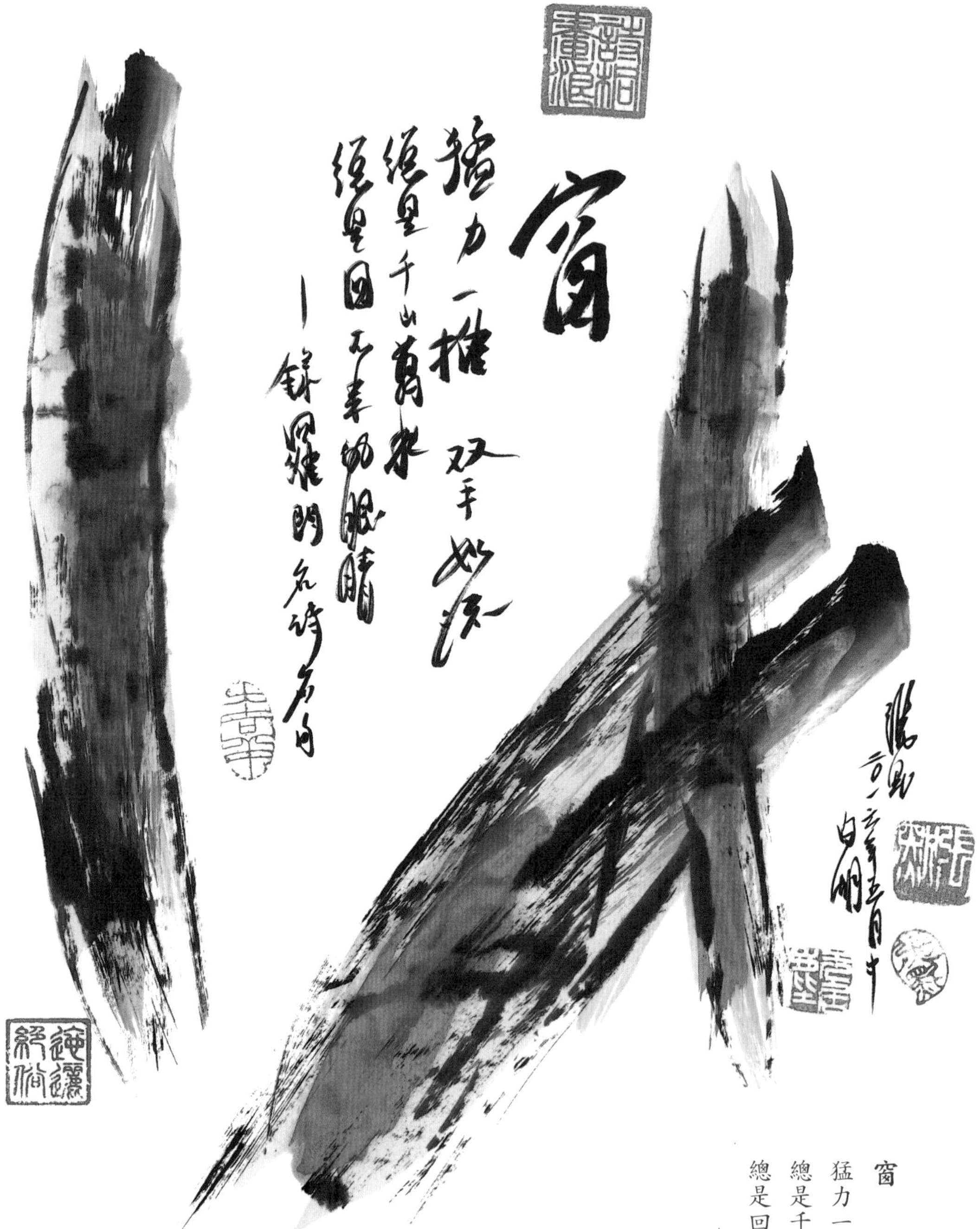

窗

猛力一推　雙手如流

總是千山萬水

總是回不來的眼睛

——錄羅門名詩

夜訪東海花園

藉著素色的牽引

　跨越小溪中銀河

減緩我錯縱的腳步

　怕踏亂玫瑰的芬芳

——錄商禽名詩

給小伊恩

他拍拍屁股，昂然坐在
碧湖公園十分油亮的
創世紀詩盒上

——錄拙詩「給小伊恩」

歷史之門

歷史之門恆長開著
就是不易進去
有人想扁起身子往裡鑽
卻被眼尖的守門人
一腳踢了出來

——錄魯蛟名詩

曬書

一條美麗的銀蠹魚
從《水經注》裡游出來
——錄瘂弦名詩

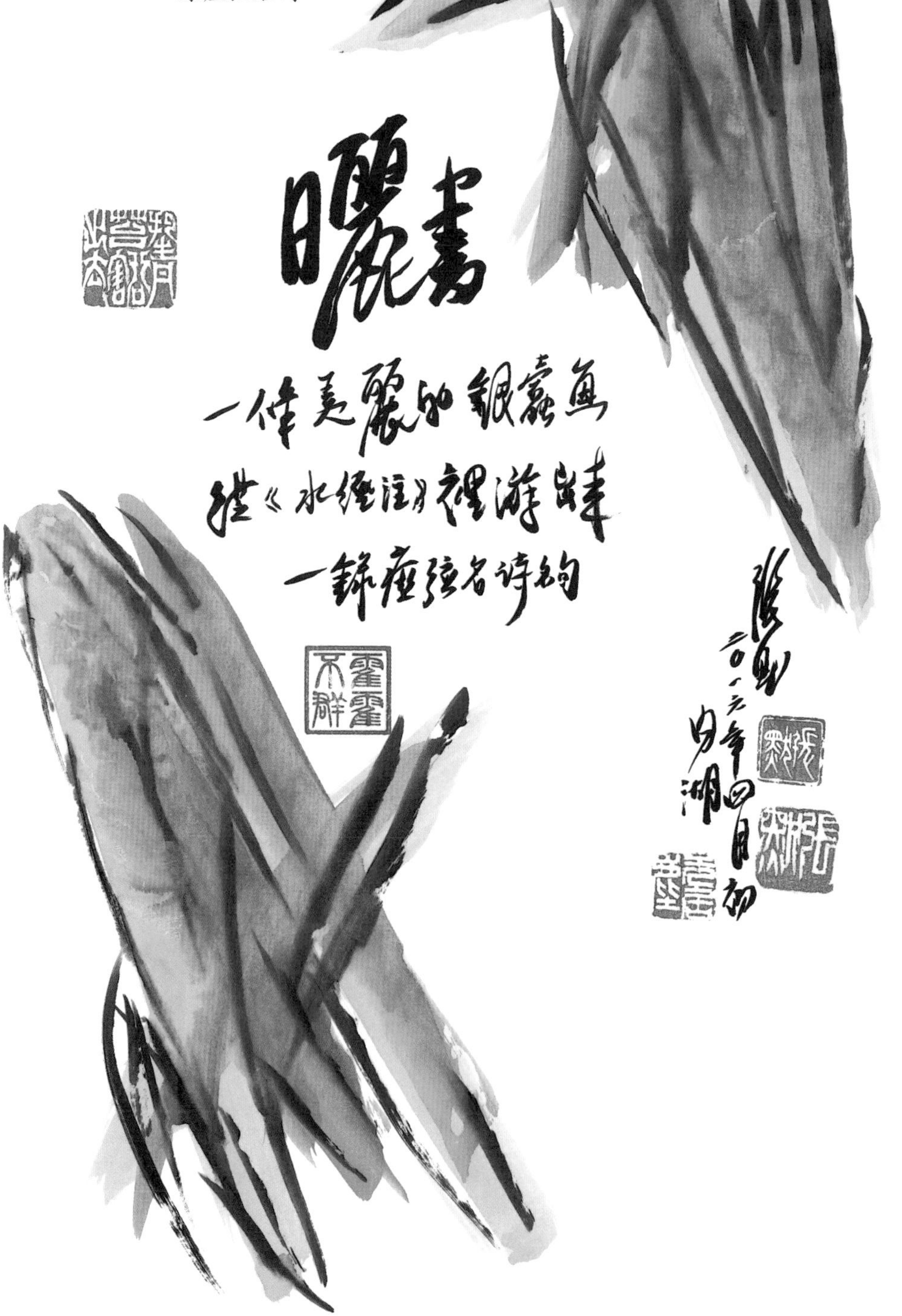

煙霧黃山

山是靜止的淚
湧現出澎湃的永恆
浪是浮動的雲
在群峰疊岩中飄忽

——錄麥穗小詩

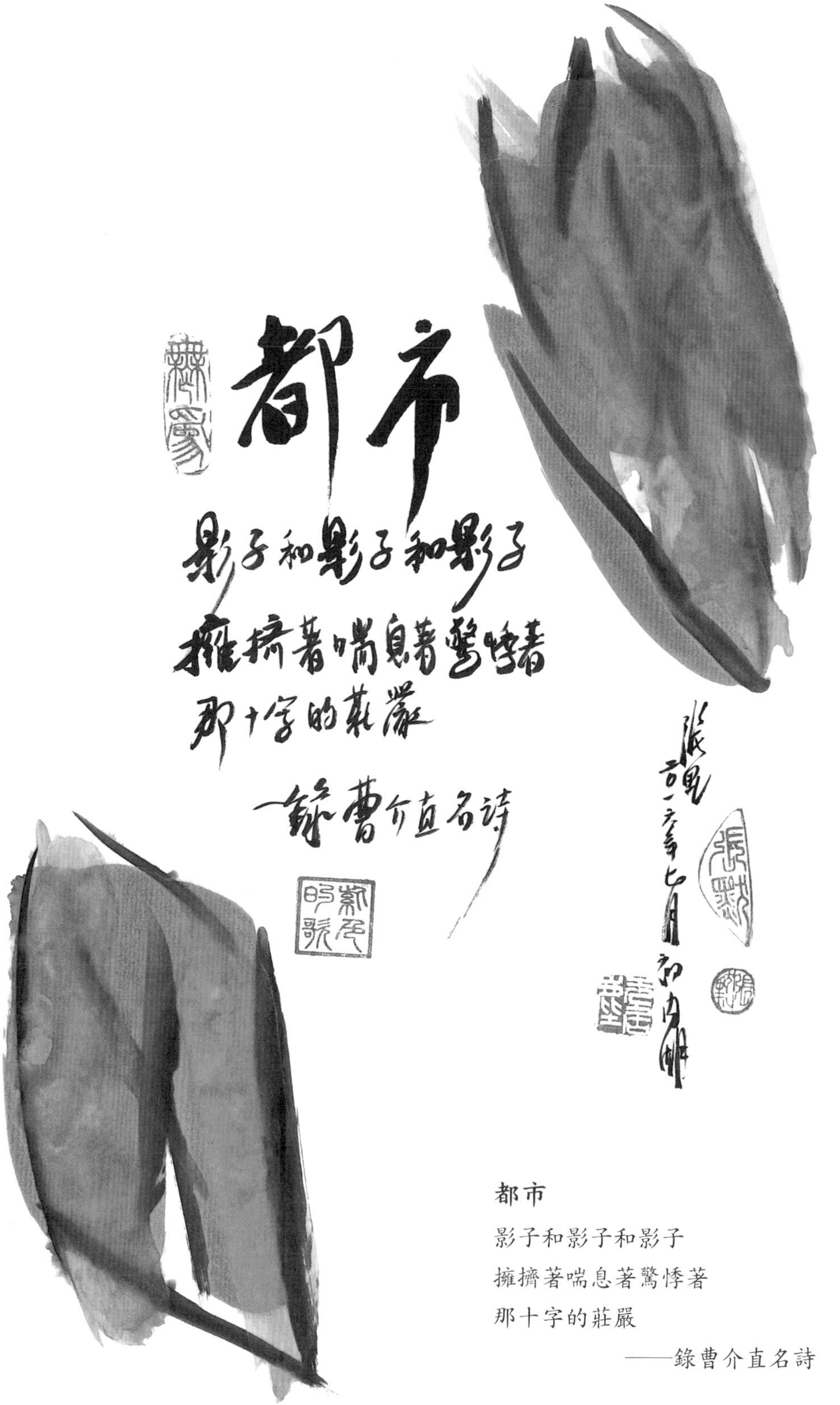

都市

影子和影子和影子
擁擠著喘息著驚悸著
那十字的莊嚴
——錄曹介直名詩

只想

在時間的荒原

疾走

而

不為尋春

——錄丁文智名詩

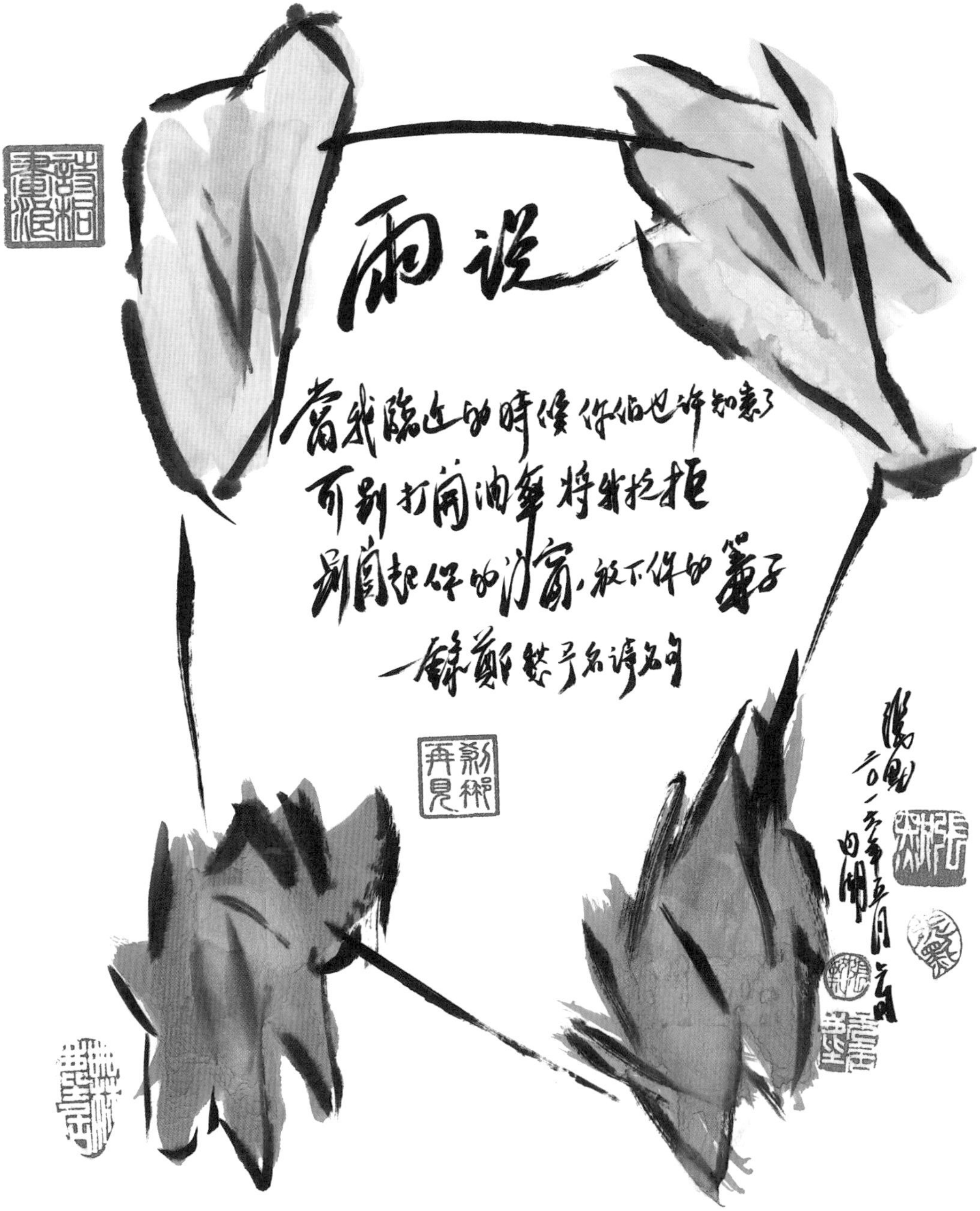
雨說
當我臨近的時候你們也許知悉了
可別打開油傘將我抗拒
別關起你的門窗，放下你的簾子
—錄鄭愁予名詩名句

雨說

當我臨近的時候你們也許知悉了
可別打開油傘將我抗拒
別關起你的門窗，放下你的簾子
——錄鄭愁予名詩

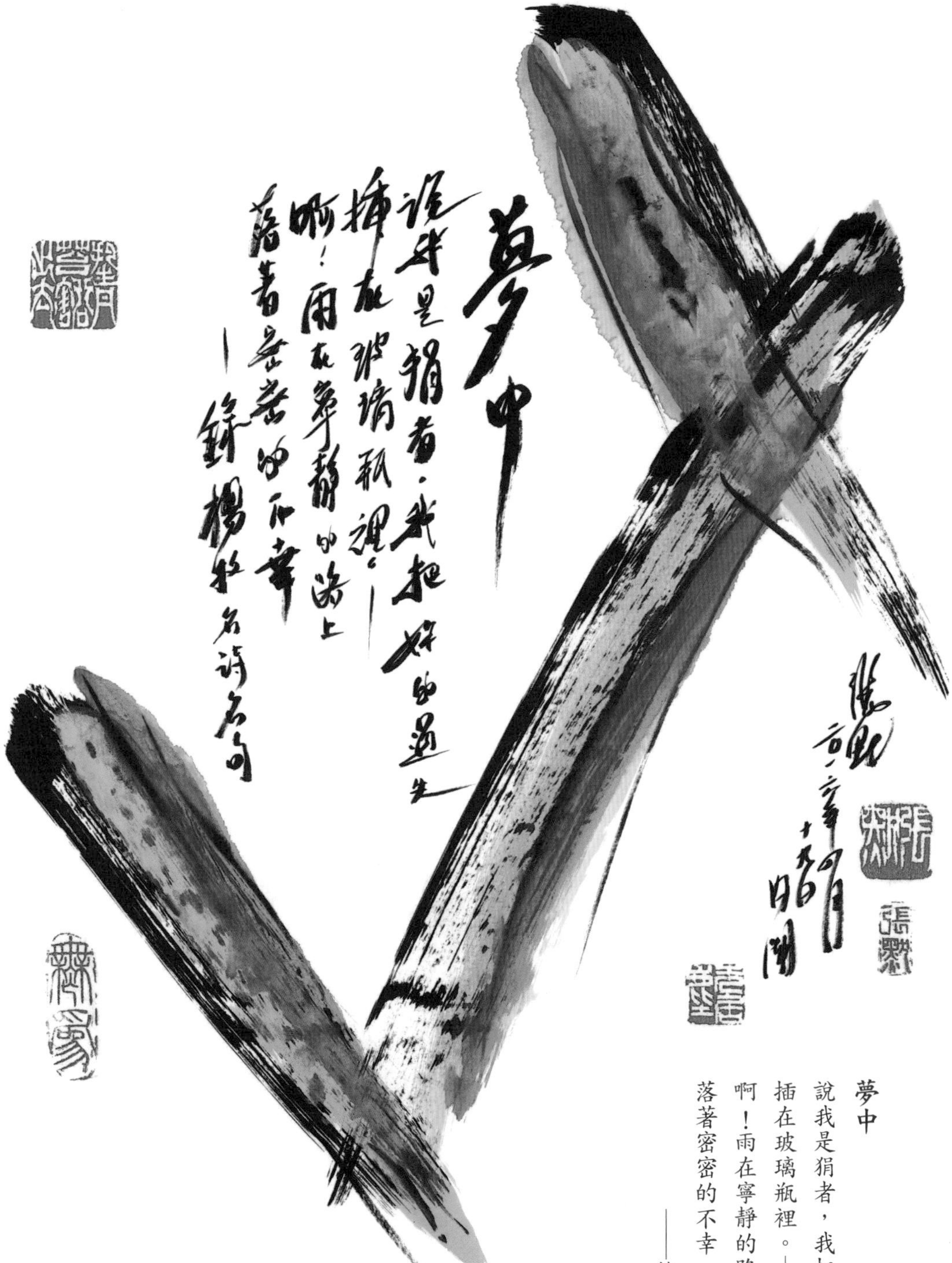

夢中

說我是狷者，我把妳的過失
插在玻璃瓶裡。——
啊！雨在寧靜的路上
落著密密的不幸
——錄楊牧名詩

廣場

所有的群眾一哄而散了

回到床上

去擁護有體香的女人

——錄白萩名詩

故意

故意不開窗
讓野櫻的女兒花瓣
來吾書桌上寫詩
——錄管管小詩

終站

寂然　解脫於最後的喘息

以一種睡姿　以一種美

以遺忘

——錄周鼎名詩

石磨

磨吧！一瓢一瓢的水與米粒
放進石磨的一個洞口
以圓形的軌跡
讓石磨一圈一圈地旋轉

——錄趙天儀名詩

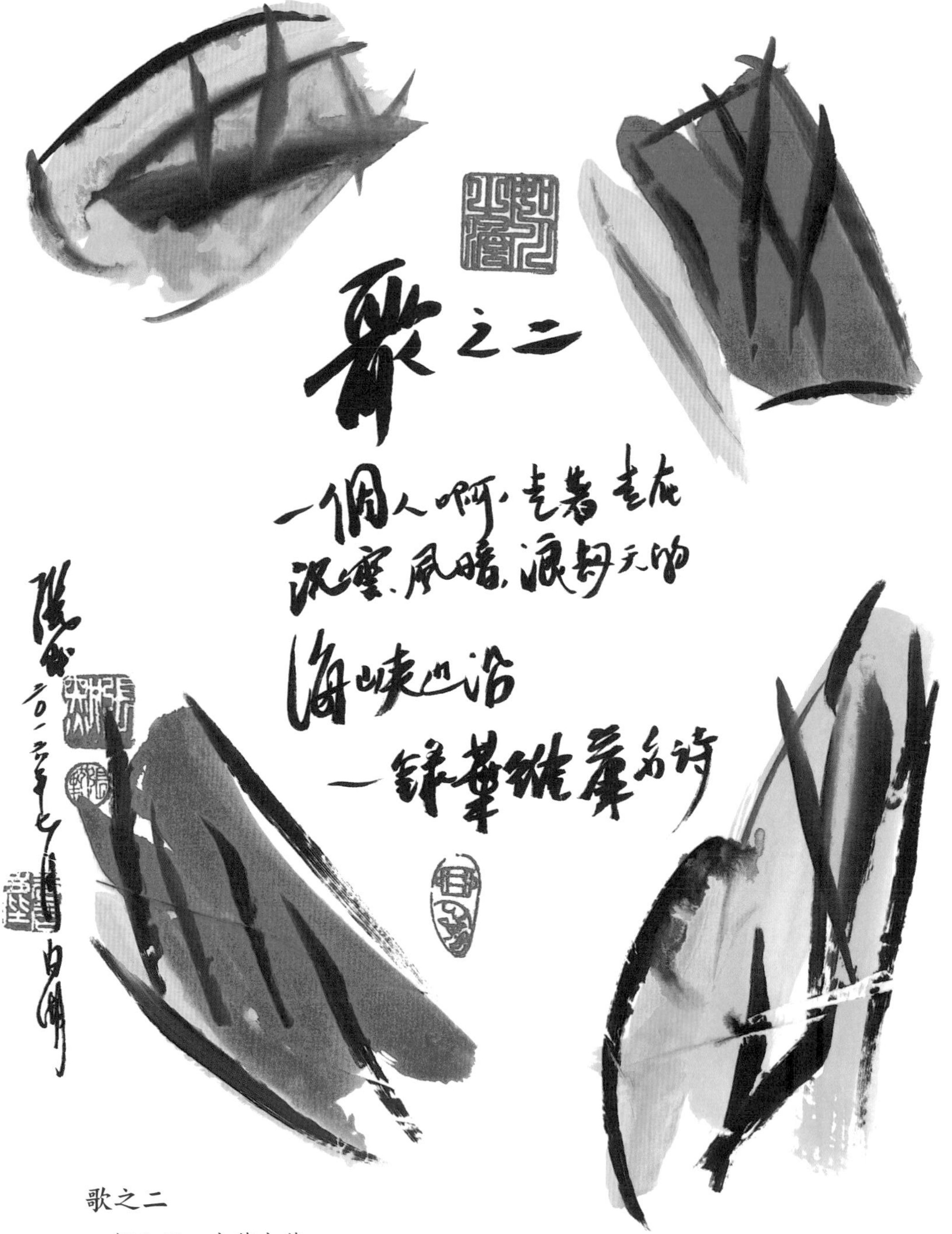

歌之二

一個人啊，走著走著

沉雲、風暗、浪劫天的

海峽邊沿

——錄葉維廉名詩

體內的碑石

很小的時候就帶著它
如今它已長大
也許是胎記吧
我父的精與我母的血
——錄辛鬱名詩

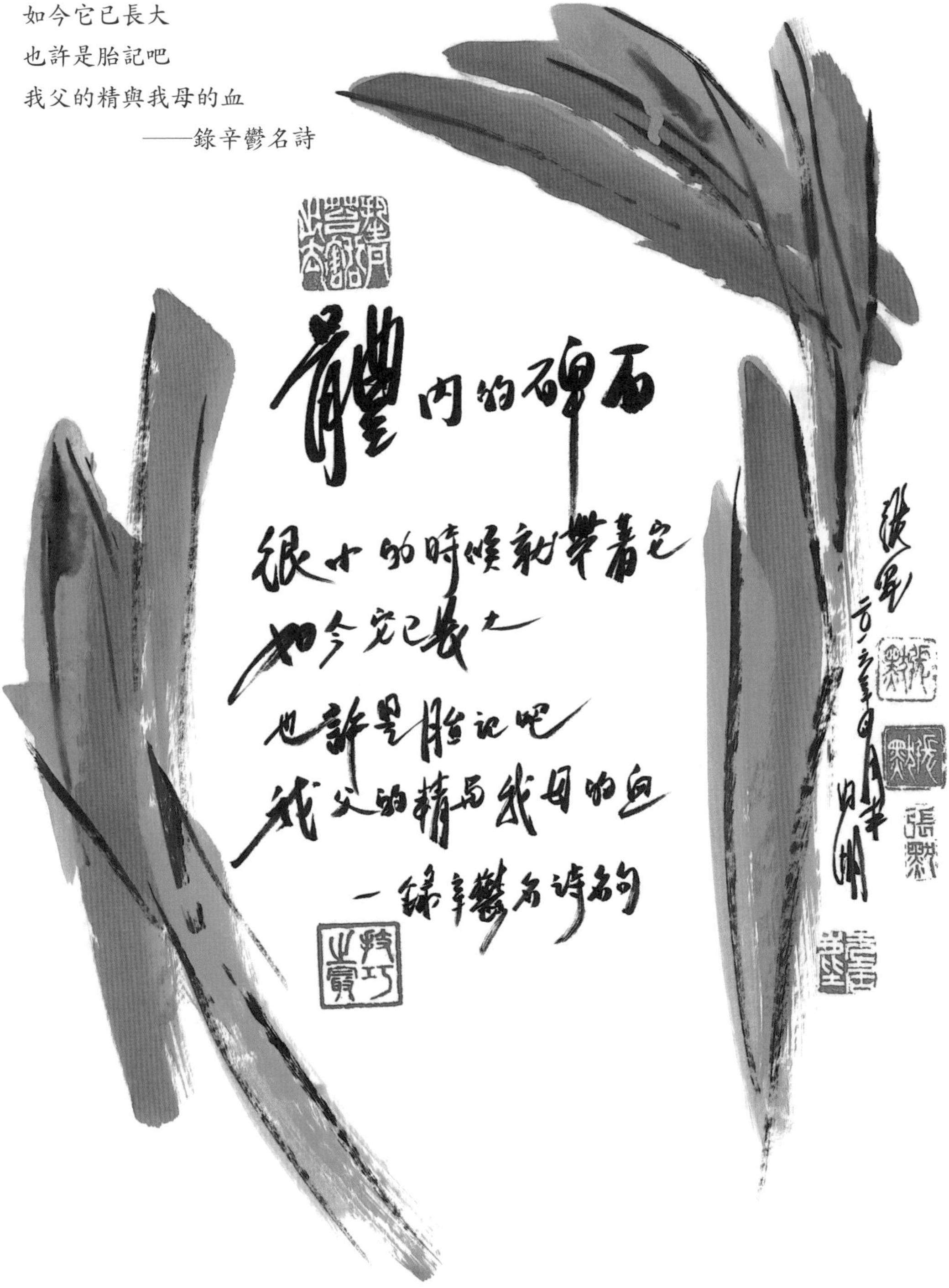

火和海

耳膜變成薄的雲母
頭顱失去重量
變成連接死亡的一直線
兩點的一黑點

——錄葉笛名詩

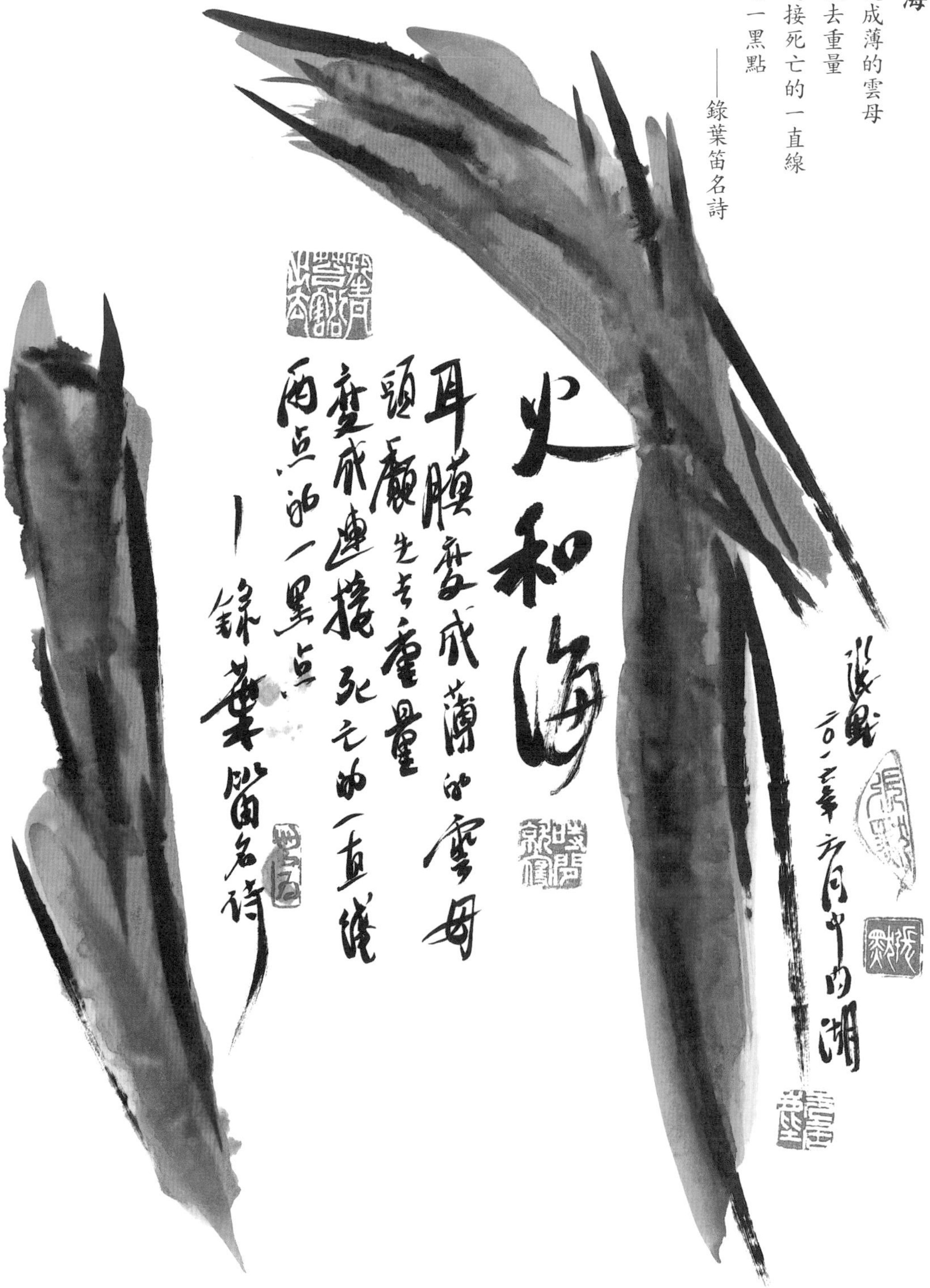

瘦金體

肥胖的婦人，在婚姻末期邂逅
並且突然愛上一個
瘦金體的男人
骨肉相連的風景
想是一首宋詩

——錄隱地名詩

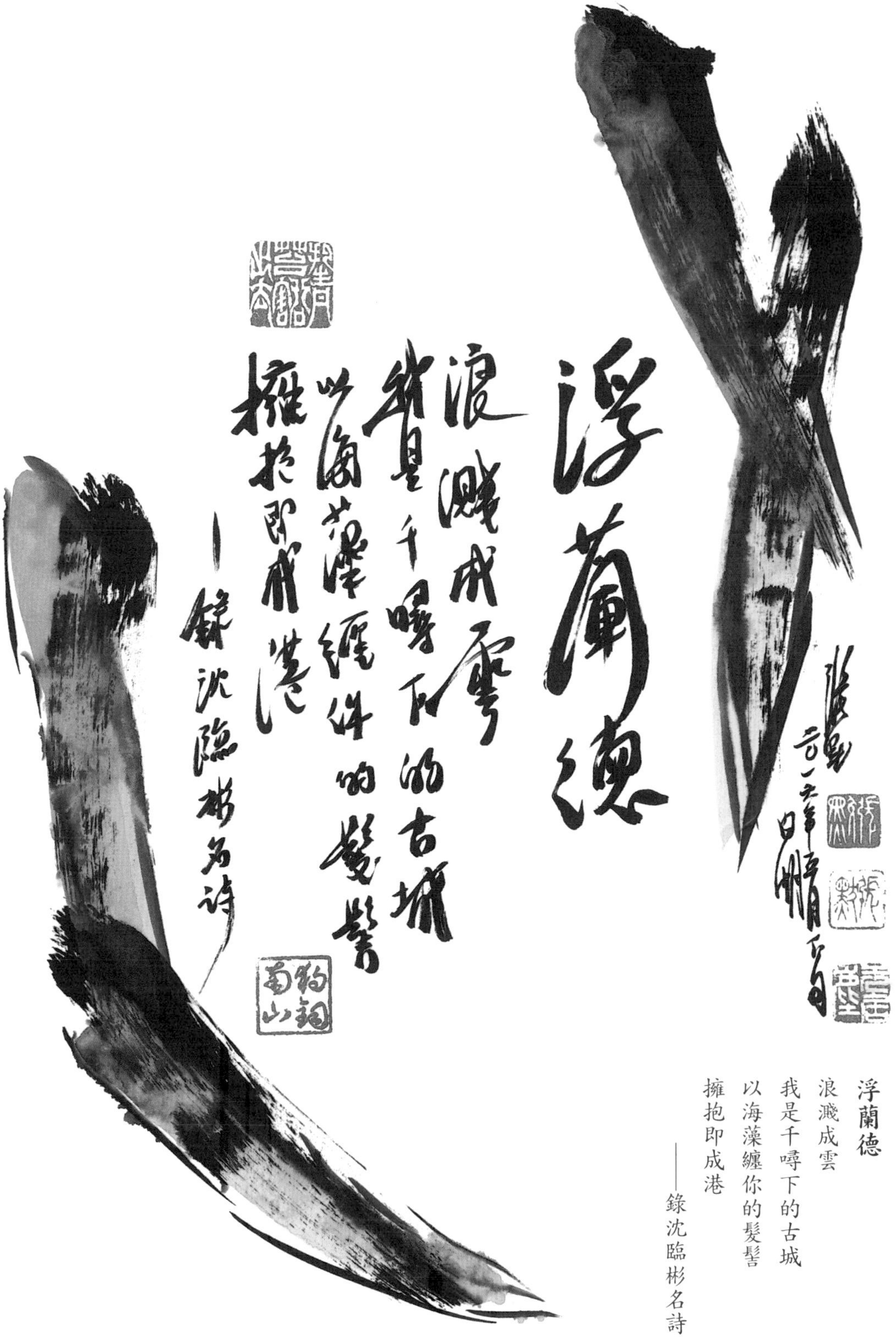

浮蘭德

浪濺成雲
我是千噚下的古城
以海藻纏你的髮髻
擁抱即成港

——錄沈臨彬名詩

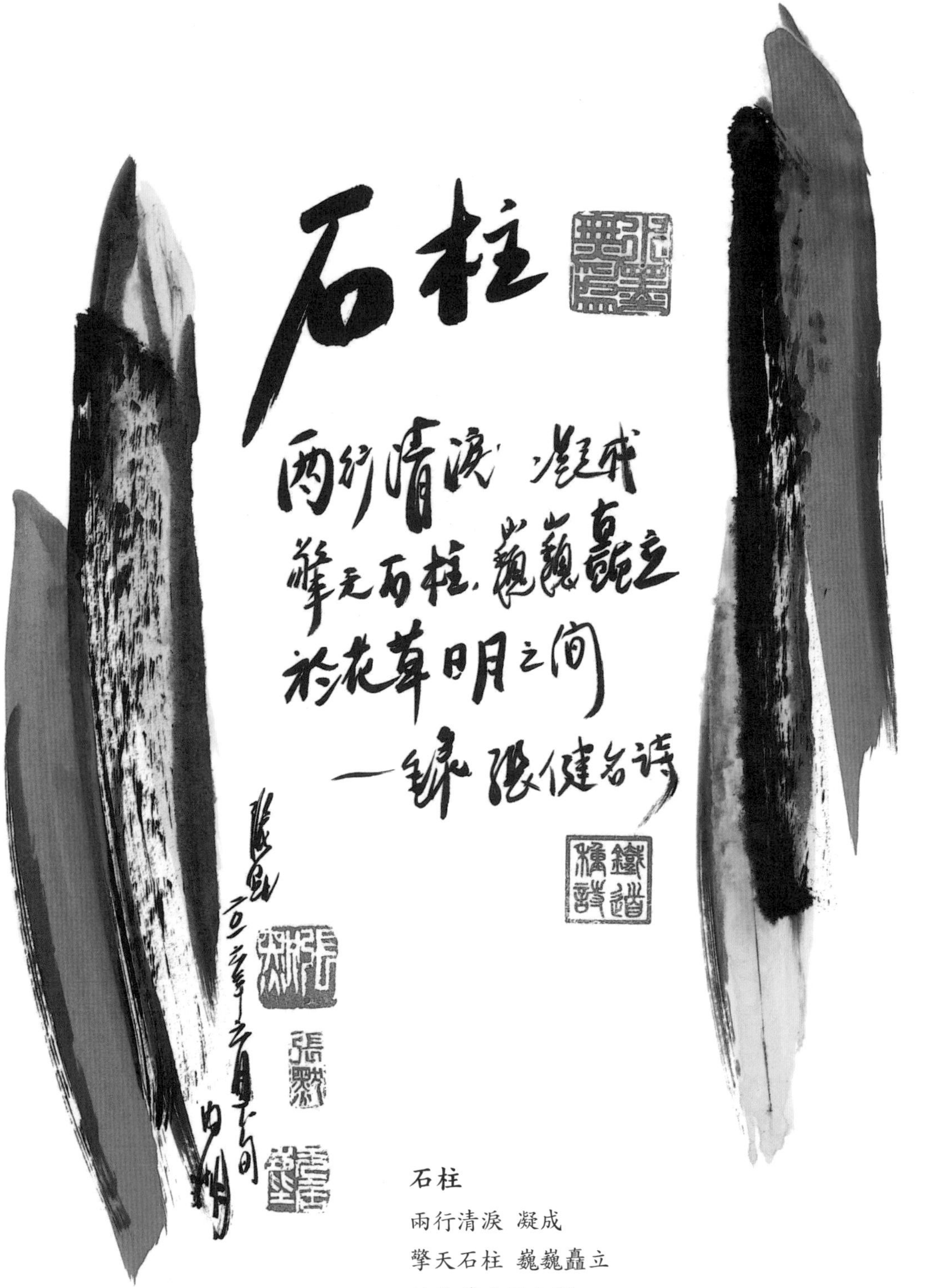

石柱

兩行清淚 凝成
擎天石柱 巍巍矗立
於花草日月之間
——錄張健名詩

時間之四

死亡，是一種享受
需要獨自去品嘗

——錄楊允達名詩

蓮霧

掛滿枝頭的

風鈴　風呢

——錄辛牧名詩

沒有名字的碑石

直到成為早餐桌上的
一碟陽光，同樹和花
一起上升，向喧囂的土地
——錄林煥彰名詩

彼岸的燈火

在微風中，讀一首十四行
只要三分鐘，一個午後
還是一生長長的眷戀

——錄綠蒂名詩

九行

每天總是一大鍋煮糊了的粥
無數的嗝打過，舉腳
想踢一隻吃光的魚罐頭

——錄黑野名詩

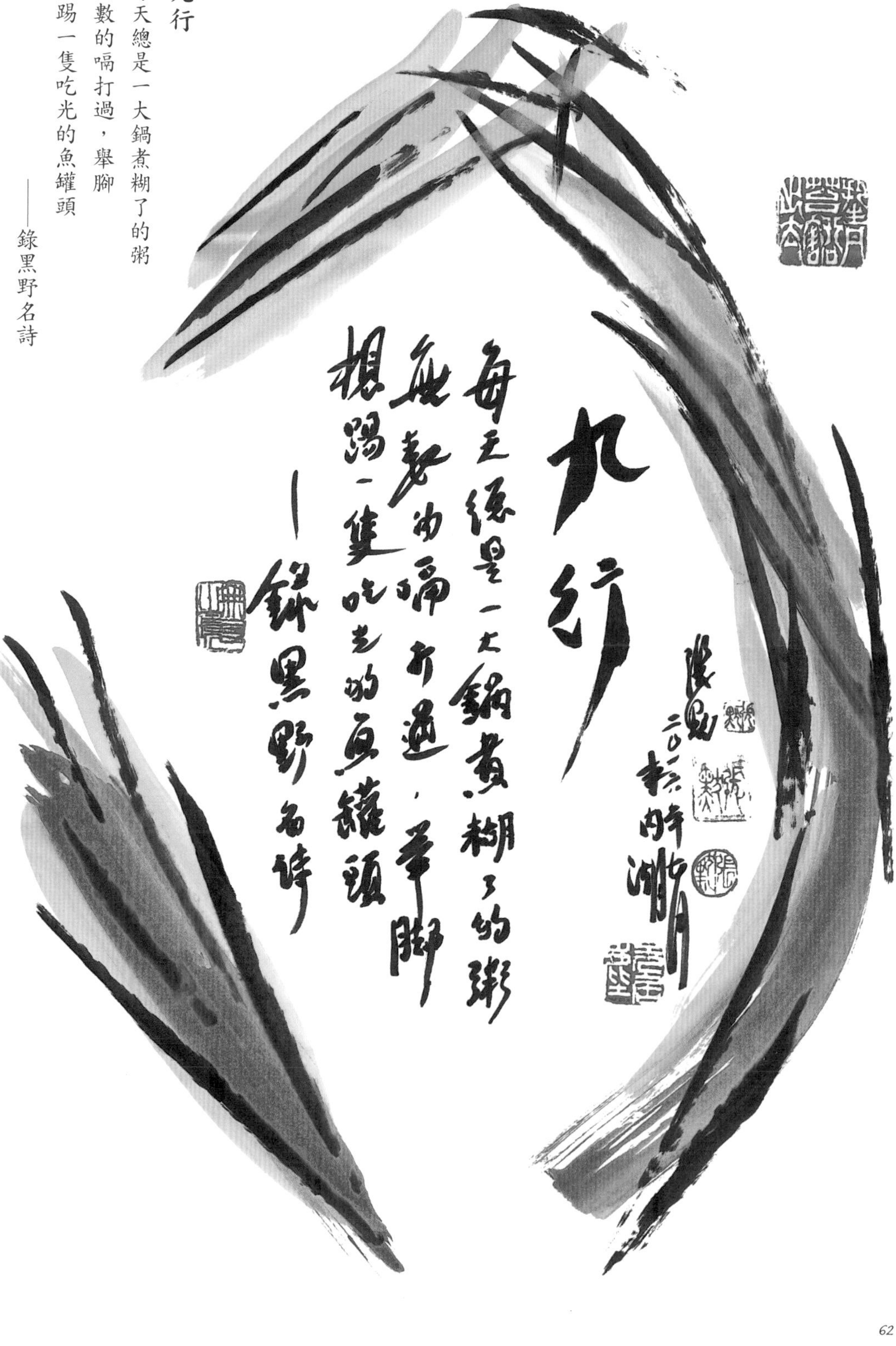

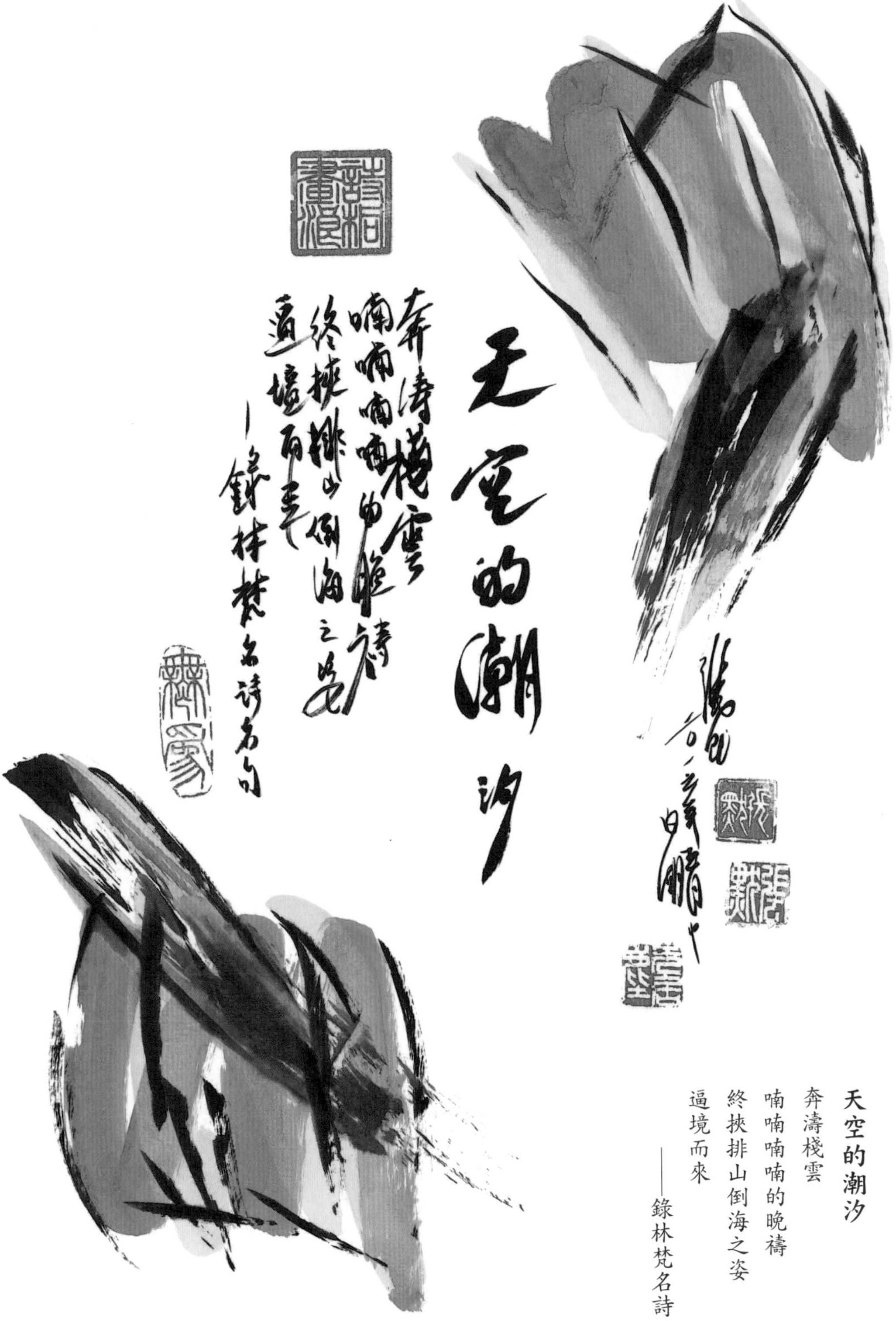

天空的潮汐

奔濤棧雲
喃喃喃喃的晚禱
終挾排山倒海之姿
逼境而來

——錄林梵名詩

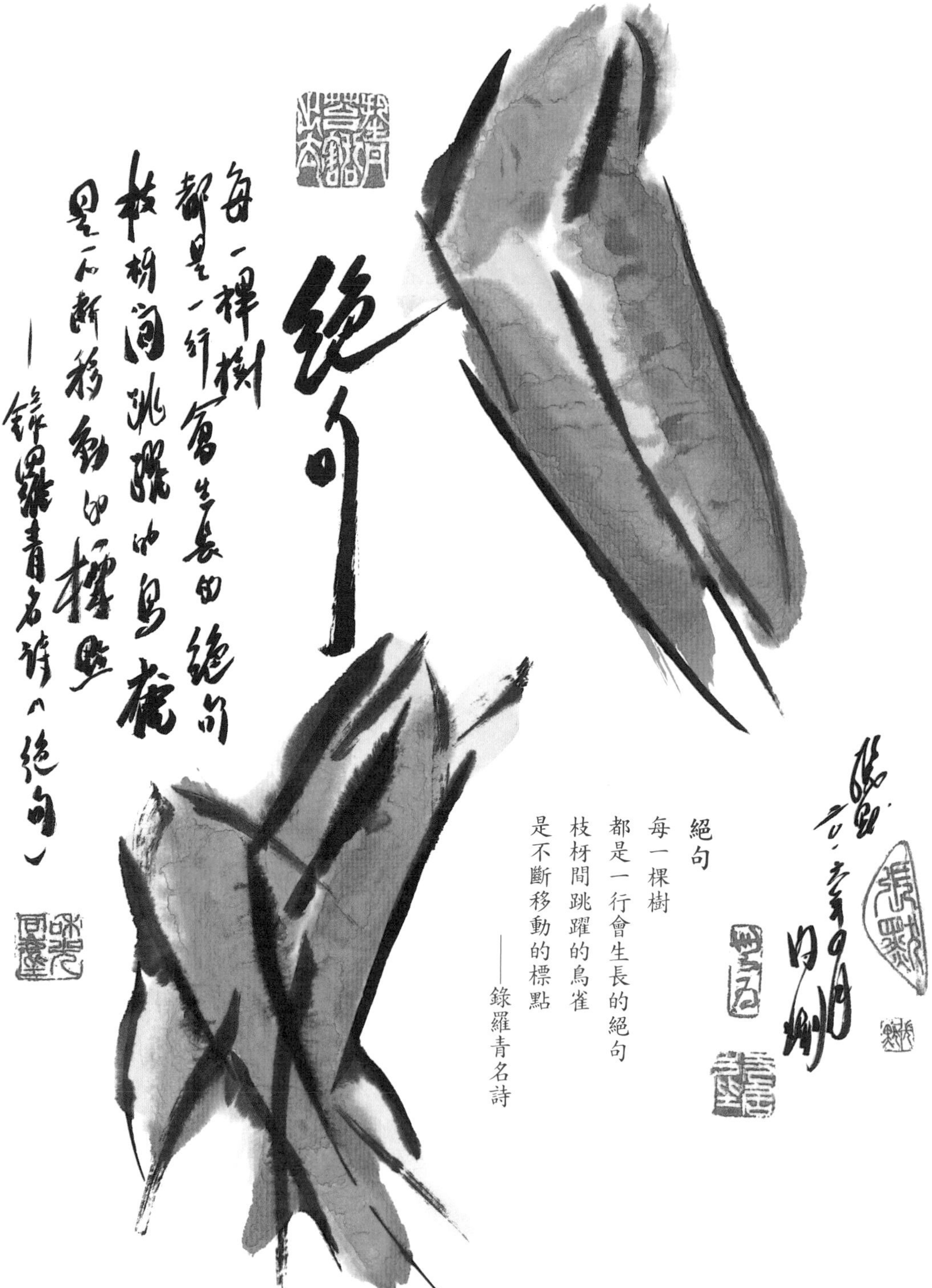

絕句

每一棵樹
都是一行會生長的絕句
枝枒間跳躍的鳥雀
是不斷移動的標點

——錄羅青名詩

樹也會寫詩

我庭院裡的樹
也會寫詩
寫出一大篇鳥聲的
長短句
——錄李魁賢名詩

瀑布留白

水從高處縱落

自己歡呼

月光則山南山北鋪了一地　白

——錄蕭蕭名詩

語言的背影

像一艘觸礁的遠洋漁船
我沉沒你，眼的冷冽，和
血的溫暖

——錄陳芳明名詩

觀音

柔美的觀音已沉睡稀落的燭群裡
她的睡姿是夢的黑屏風
我偷偷到她髮上垂釣
每顆遠方的星上都大雪紛飛

——錄羅智成名詩

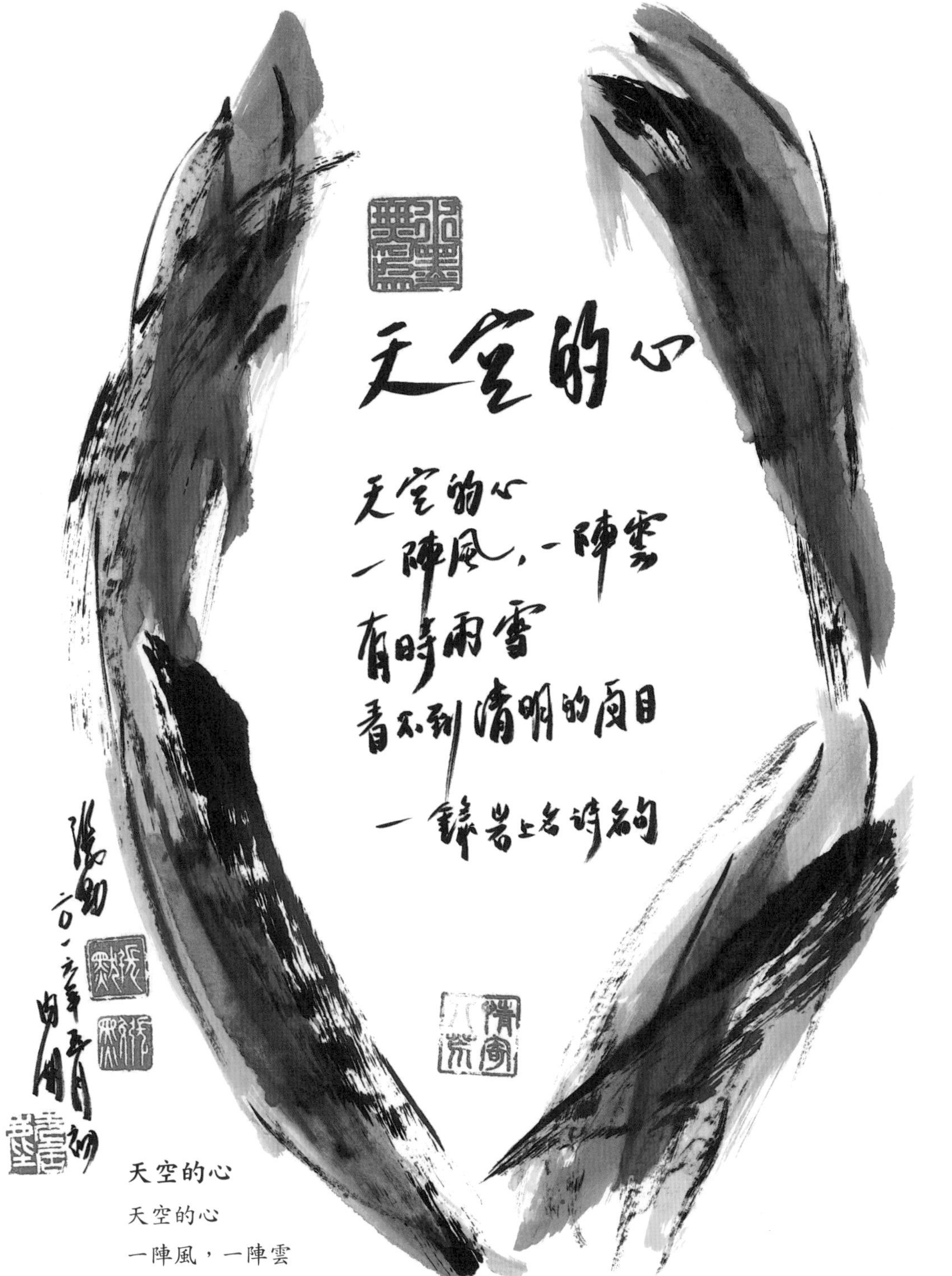

天空的心

天空的心
一陣風，一陣雲
有時雨雪
看不到清明的面目
——錄岩上名詩

橋

他把一句謊言
吐在地上，變成一座橋
架在兩岸之間

——錄杜十三名詩

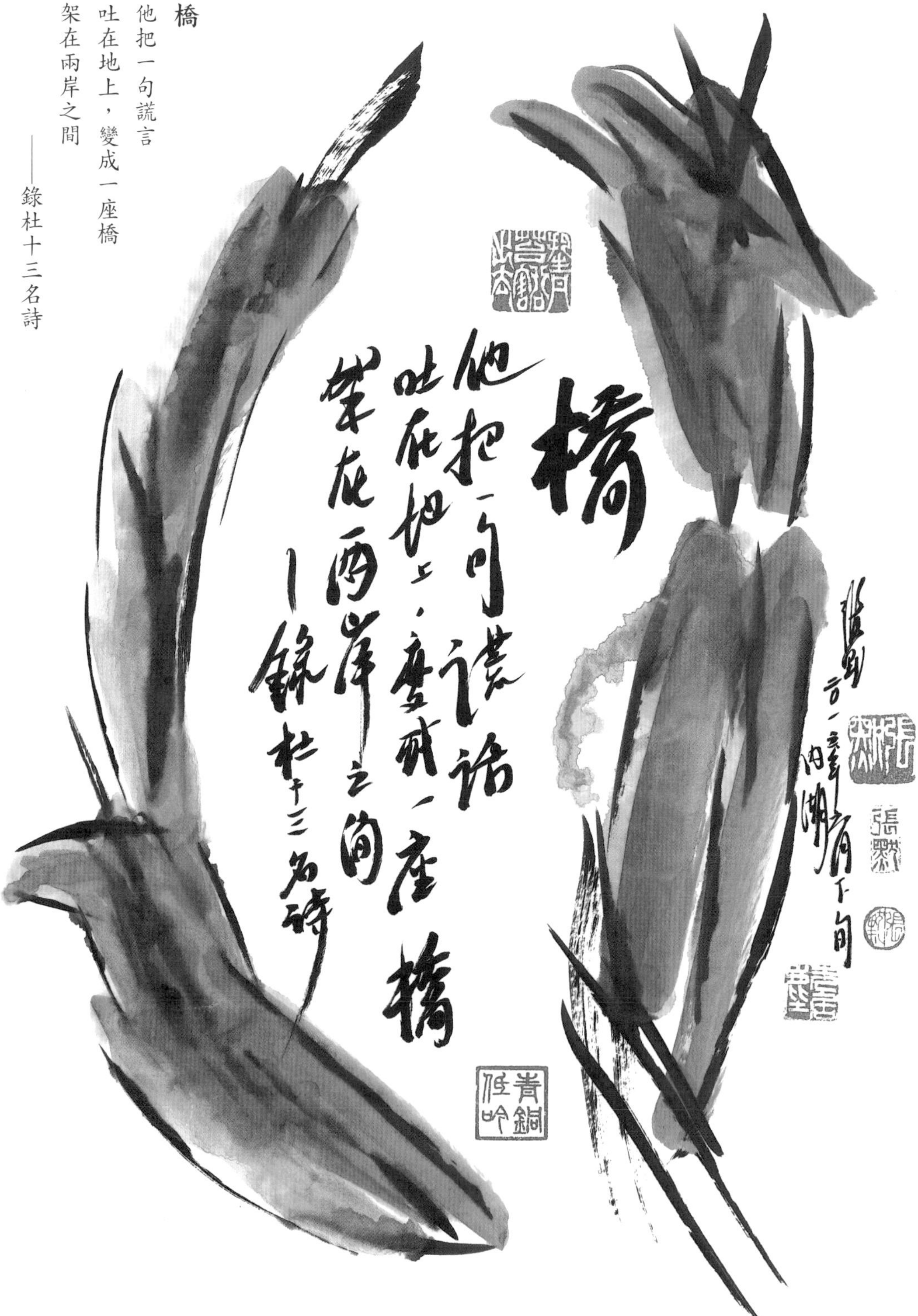

時間之書

你牽起時間的手

向世人宣告

二十一世紀將

短如一瞬

——錄江自得名詩

有血機器

除了他們，人類已被
寫進電腦程式裡
慵懶的酣睡了一輩子

——錄蘇紹連名詩

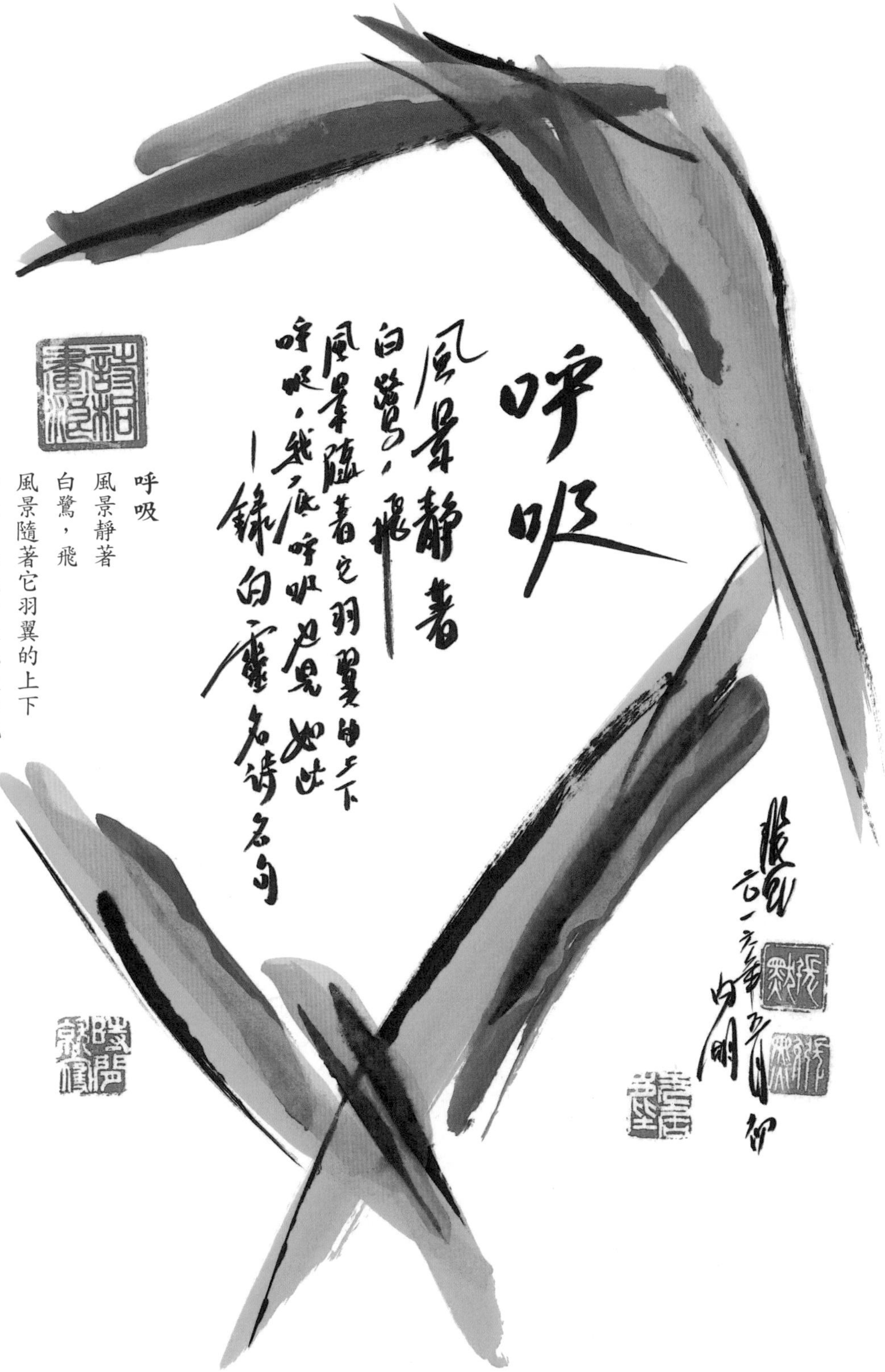
呼吸
風景靜著
白鷺，飛
風景隨著它羽翼的上下
呼吸，我底呼吸也是如此
——錄白靈名詩名句

呼吸
風景靜著
白鷺，飛
風景隨著它羽翼的上下
呼吸，我底呼吸也是如此
——錄白靈名詩

日出海上

海的胸膛蘊藏一千度灼熱
波浪覆蓋，而海鷗啄開了晨
巨大漿果待熟透爆裂
自繁葉纏絲間探出今天的臉

——錄汪啟疆名詩

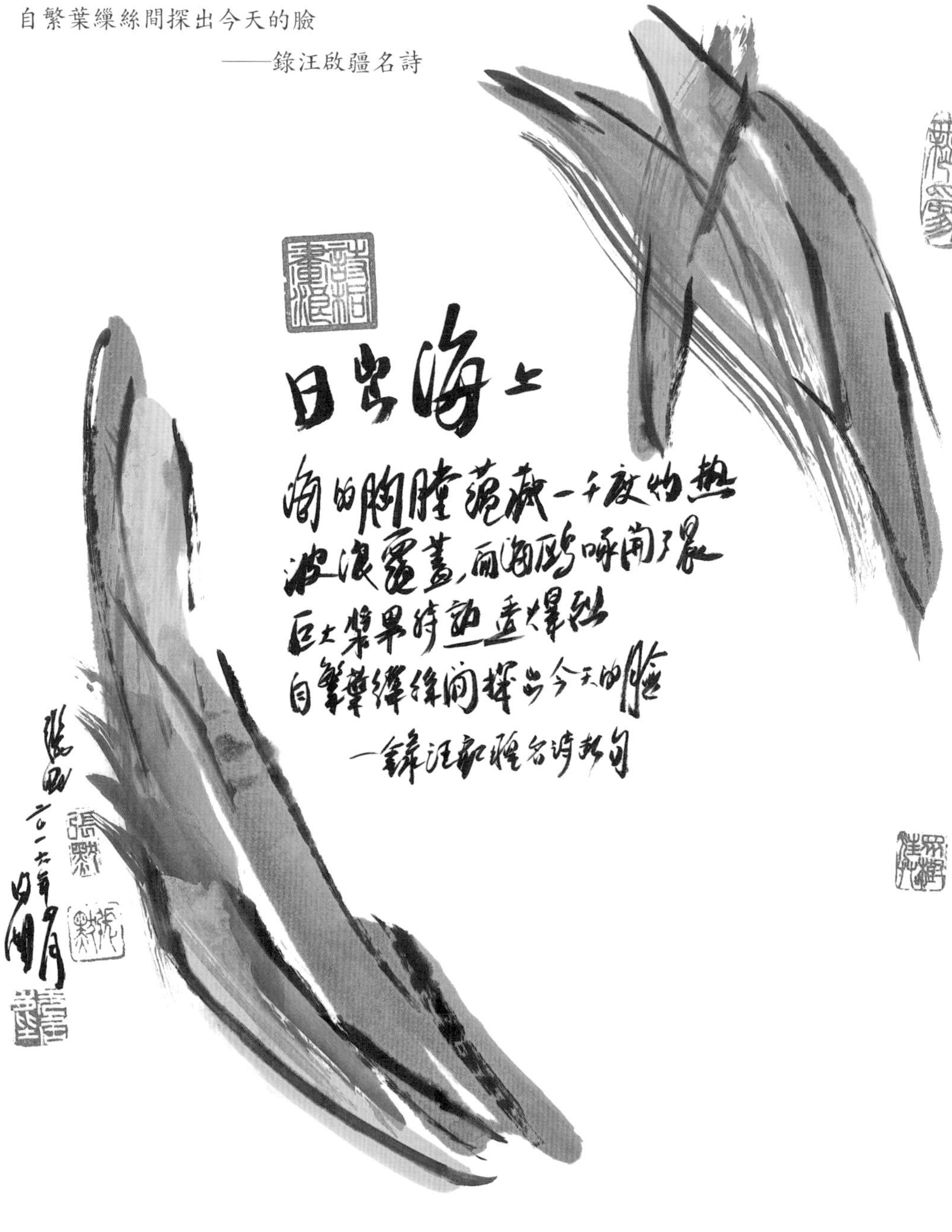

額紋——給媽媽

在時光與家事不斷的洗染下
你的頭髮從黑洗到白，從白
又染成了灰，一如錯落的蘆葦

——錄向陽名詩

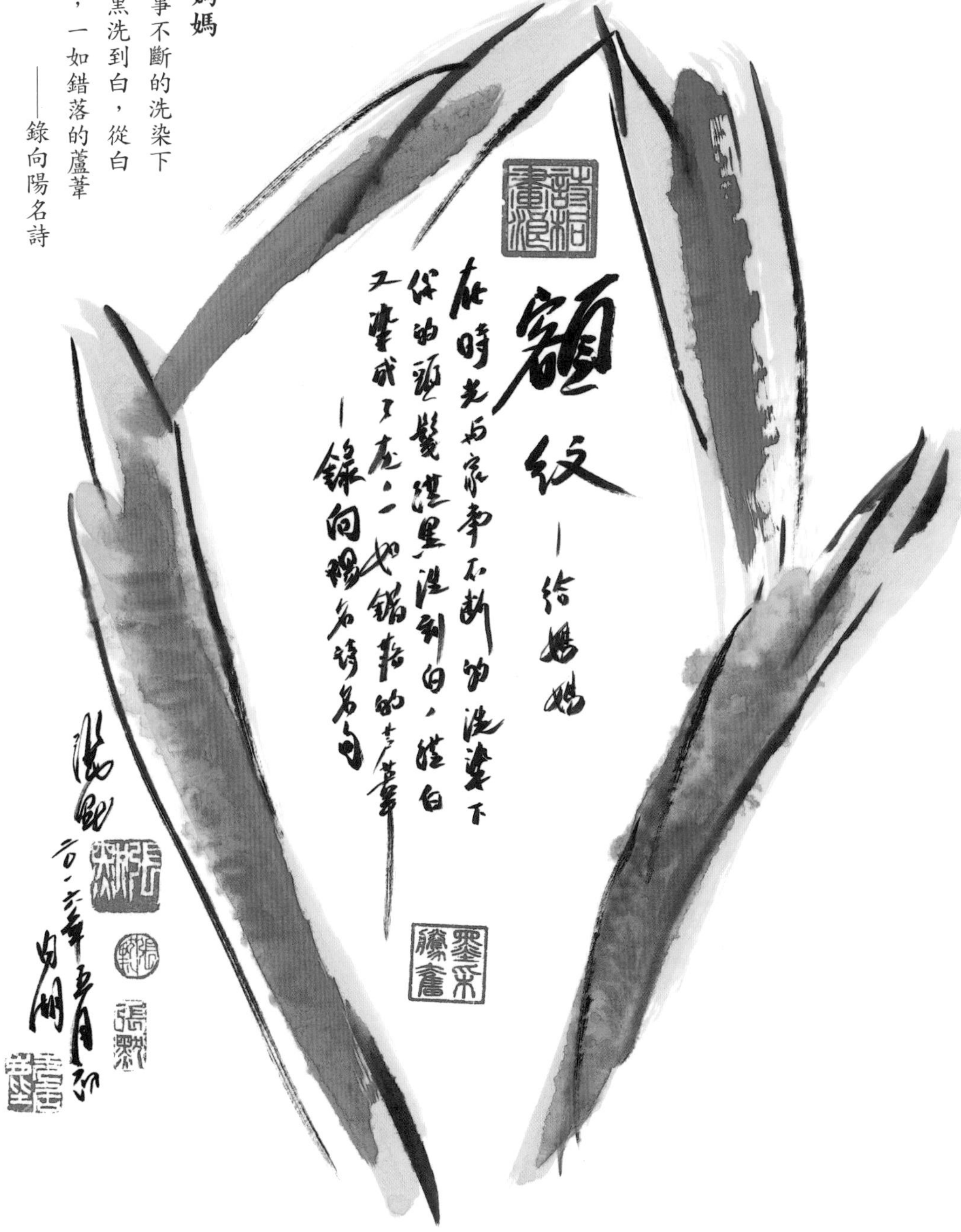

對鏡

我終於明白了

我活在鏡片裡

你活在空氣中

——錄喬林名詩

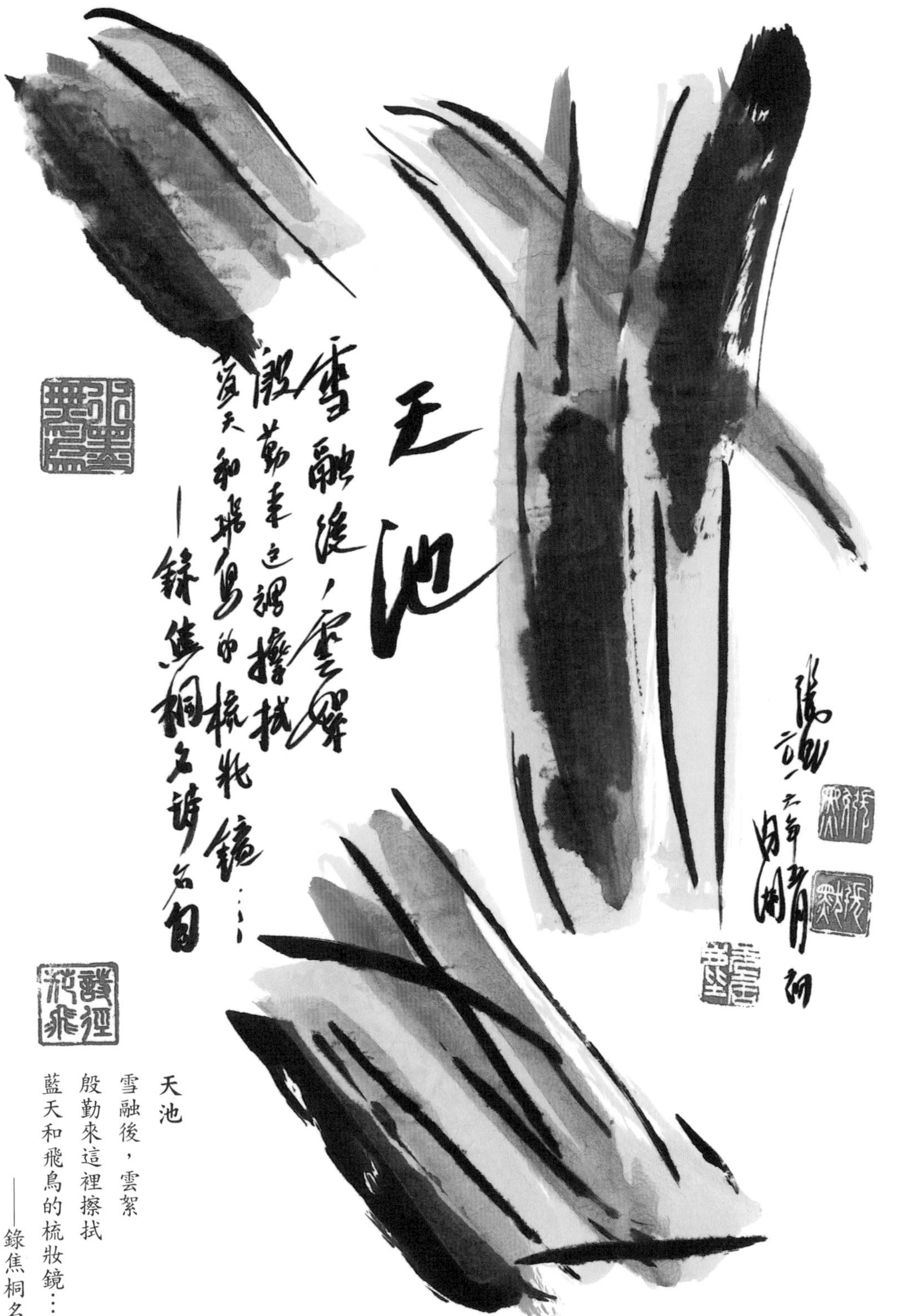
天池
雪融後，雲絮
殷勤來這裡擦拭
藍天和飛鳥的梳妝鏡……
——錄焦桐名詩句

天池

雪融後，雲絮
殷勤來這裡擦拭
藍天和飛鳥的梳妝鏡……

——錄焦桐名詩

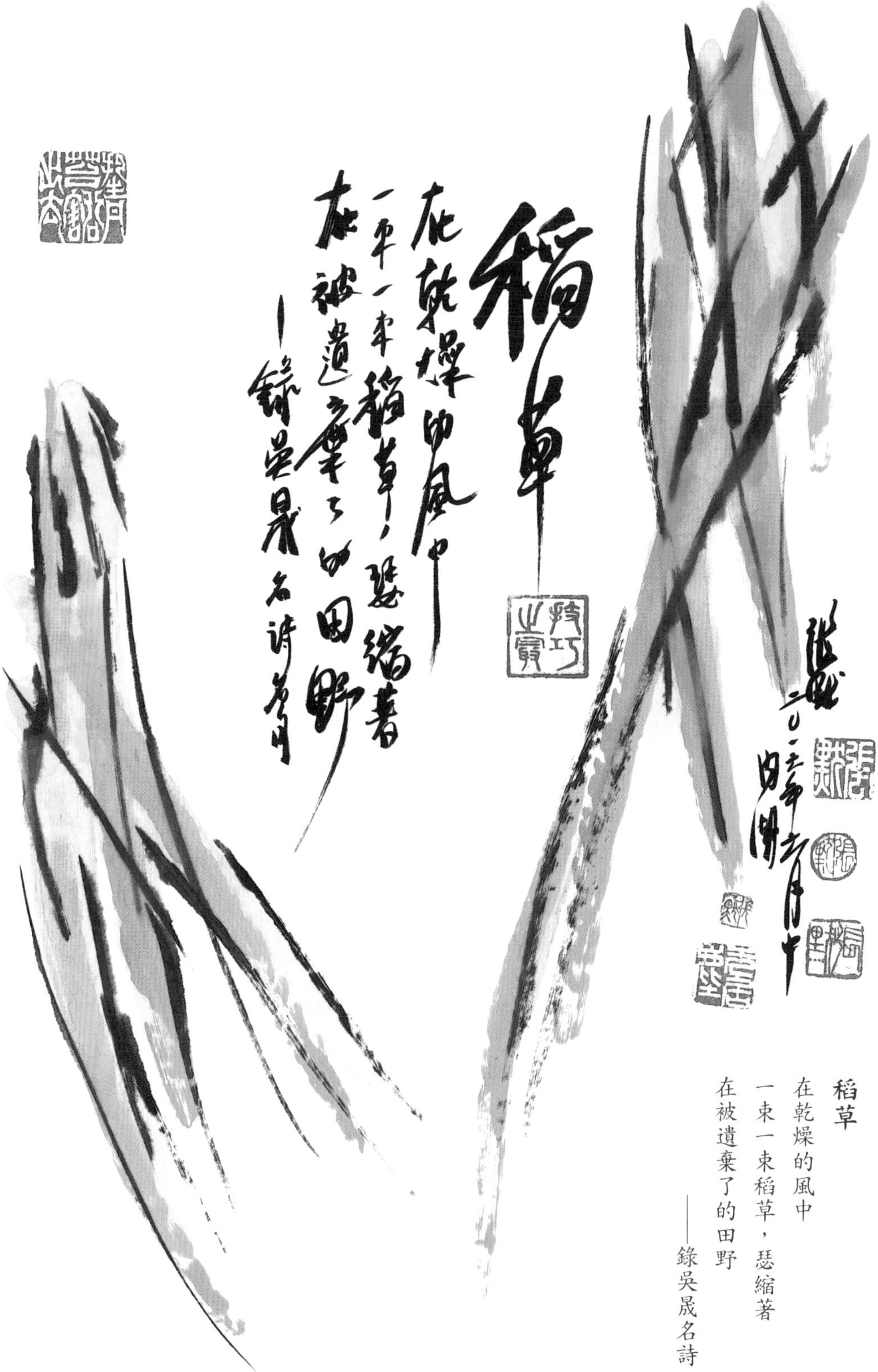

稻草

在乾燥的風中
一束一束稻草，瑟縮著
在被遺棄了的田野

——錄吳晟名詩

一萬光年之外
每一個孤獨的夜晚
我看見自己的心
像一千尺的長絲……
—錄楊渡名詩句

一萬光年之外

每一個孤獨的夜晚

我看見自己的心

像一千尺的長絲……

——錄楊渡名詩

不敢入睡的原因

我不敢入睡，我怕啊我怕
一不小心睡著，地球和牀
和我將立刻向無底的宇宙
墜落

——錄沈志方名詩

夕陽

漁夫趕忙撒網
企圖撈起正要
跳海的落日

——錄落蒂名詩

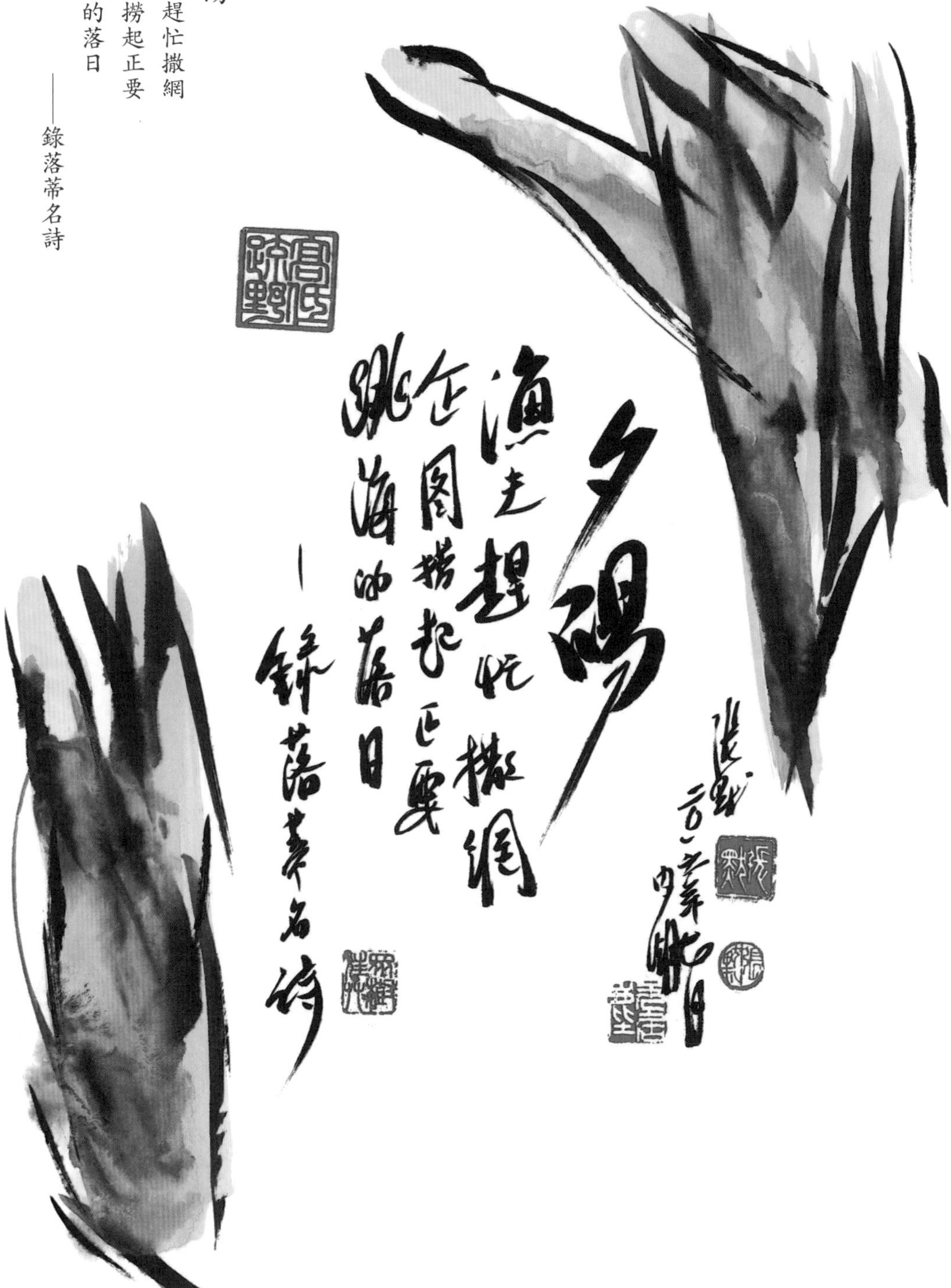

殘雪

已經四月了
故意拒絕春天的樹梢
猶不肯披上綠衣
——錄莫渝名詩

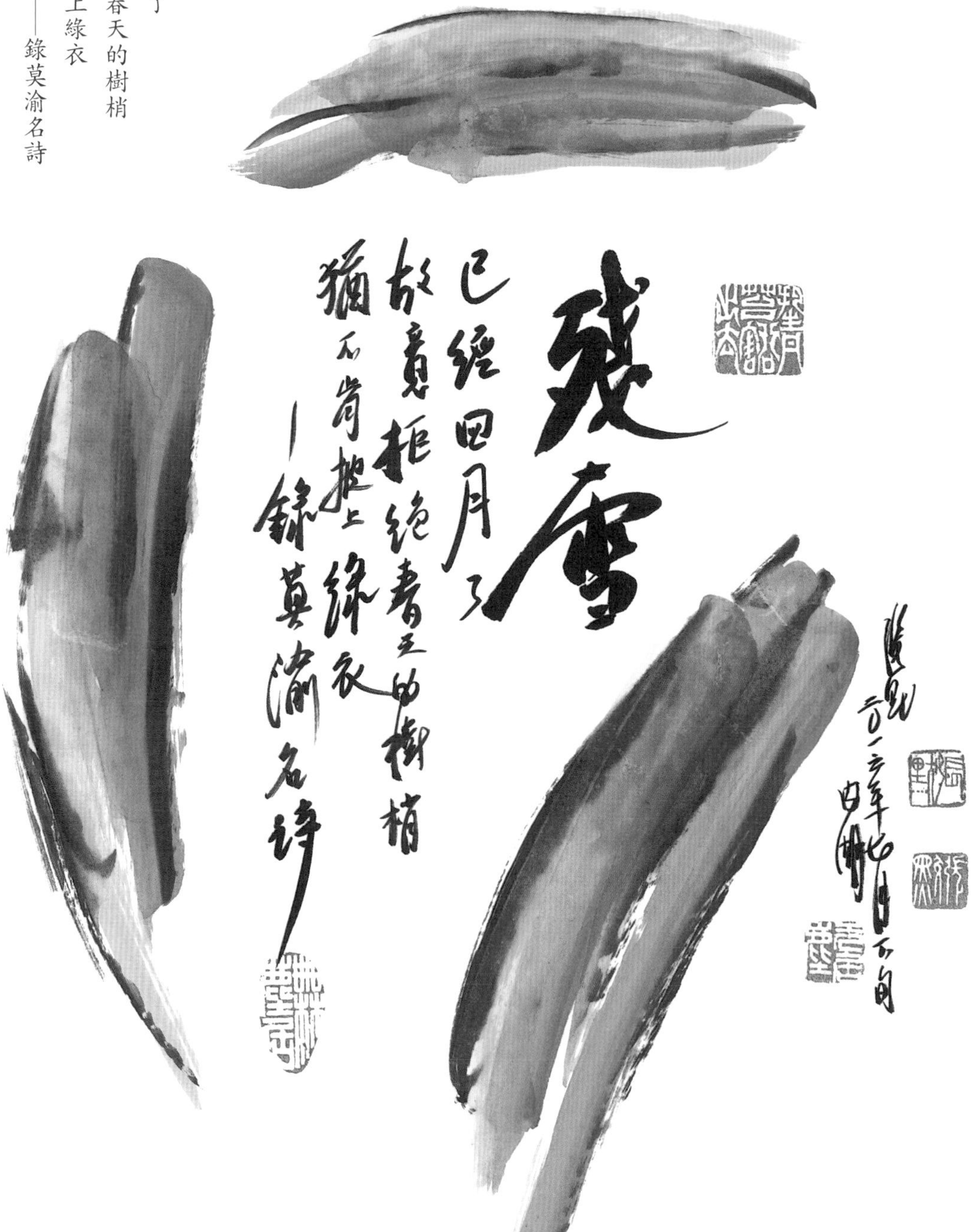

帽子

讓我光禿禿的頭
在吵雜的人群裡
不安地發亮著
——錄鄭炯明名詩

醋罐子

妳打開罐子
為這沉靜的午後
加一點佐料
　　　　——錄簡政珍名詩

阿疼說

為文字而來，回到
另一個島上，你終將
用文字追憶鏡海的
波光

——錄李瑞騰名詩

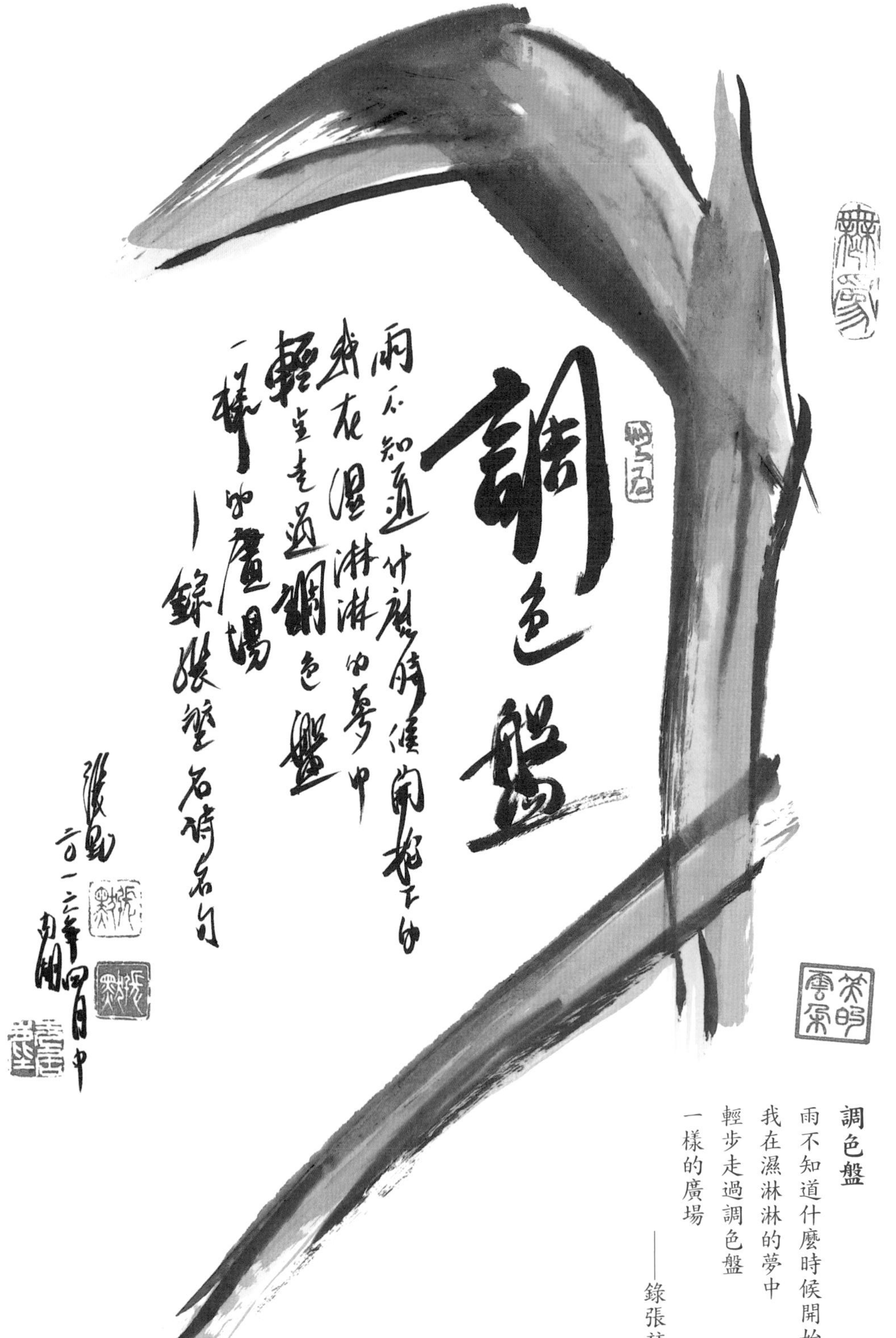

調色盤

雨不知道什麼時候開始下的
我在濕淋淋的夢中
輕步走過調色盤
一樣的廣場

——錄張堃名詩

解構學的午後

三行詩的寂寞，有檀香味回聲

緊緊收攬如同胸次咳血

一支筆自言自語刮傷

——錄許水富名詩

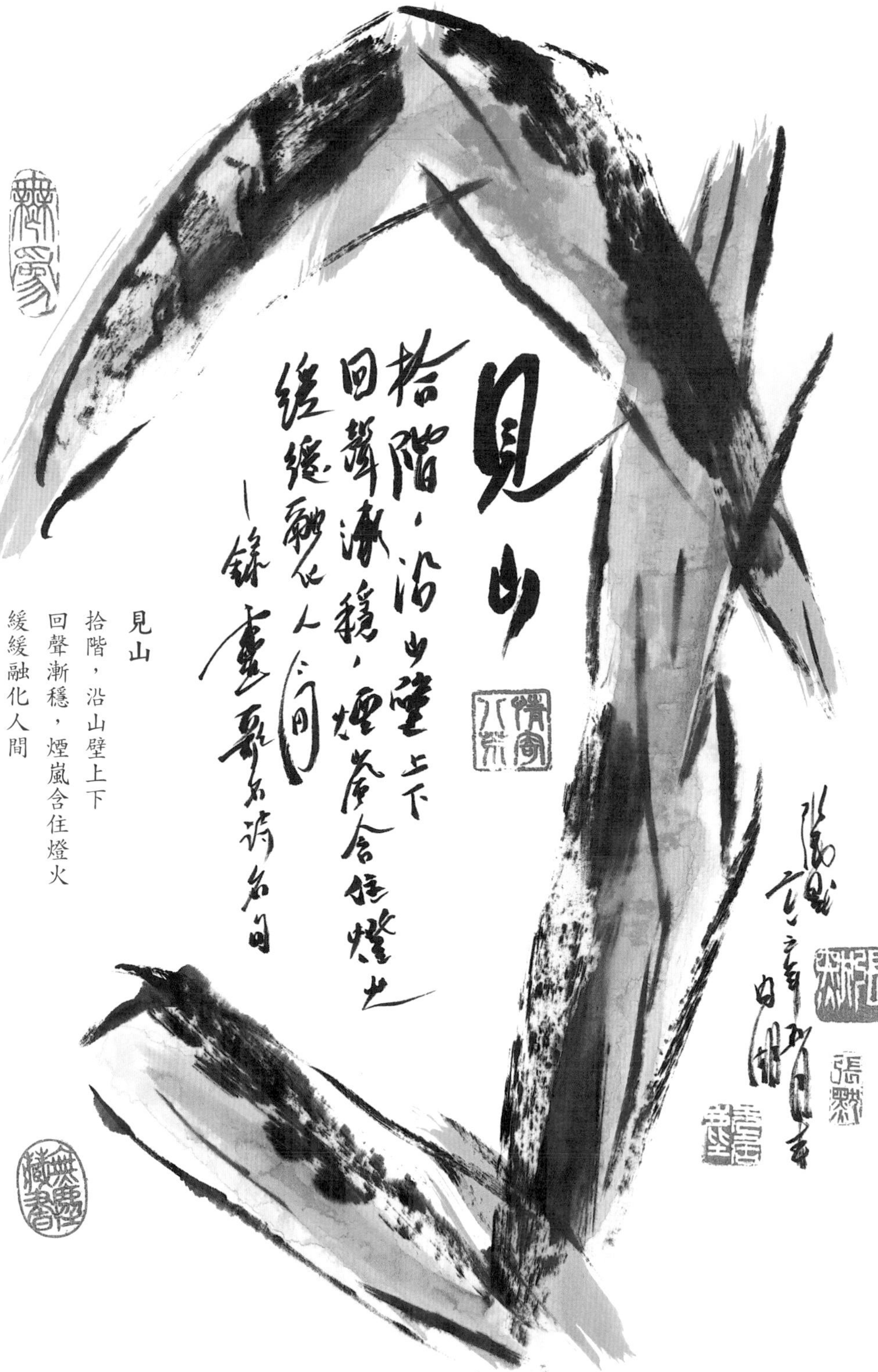

見山

拾階，沿山壁上下
回聲漸穩，煙嵐含住燈火
緩緩融化人間

——錄靈歌名詩

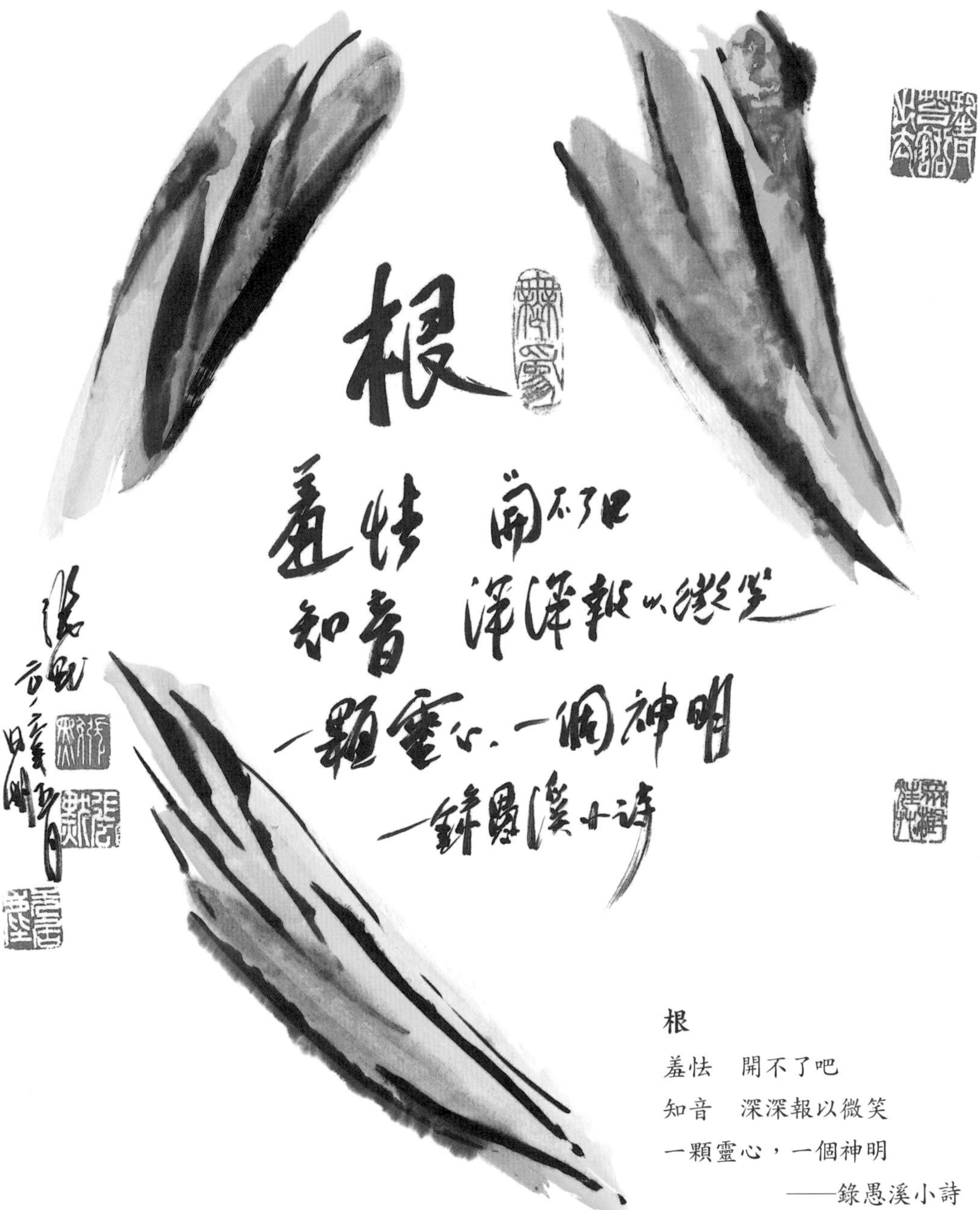

根

羞怯　開不了吧

知音　深深報以微笑

一顆靈心，一個神明

——錄愚溪小詩

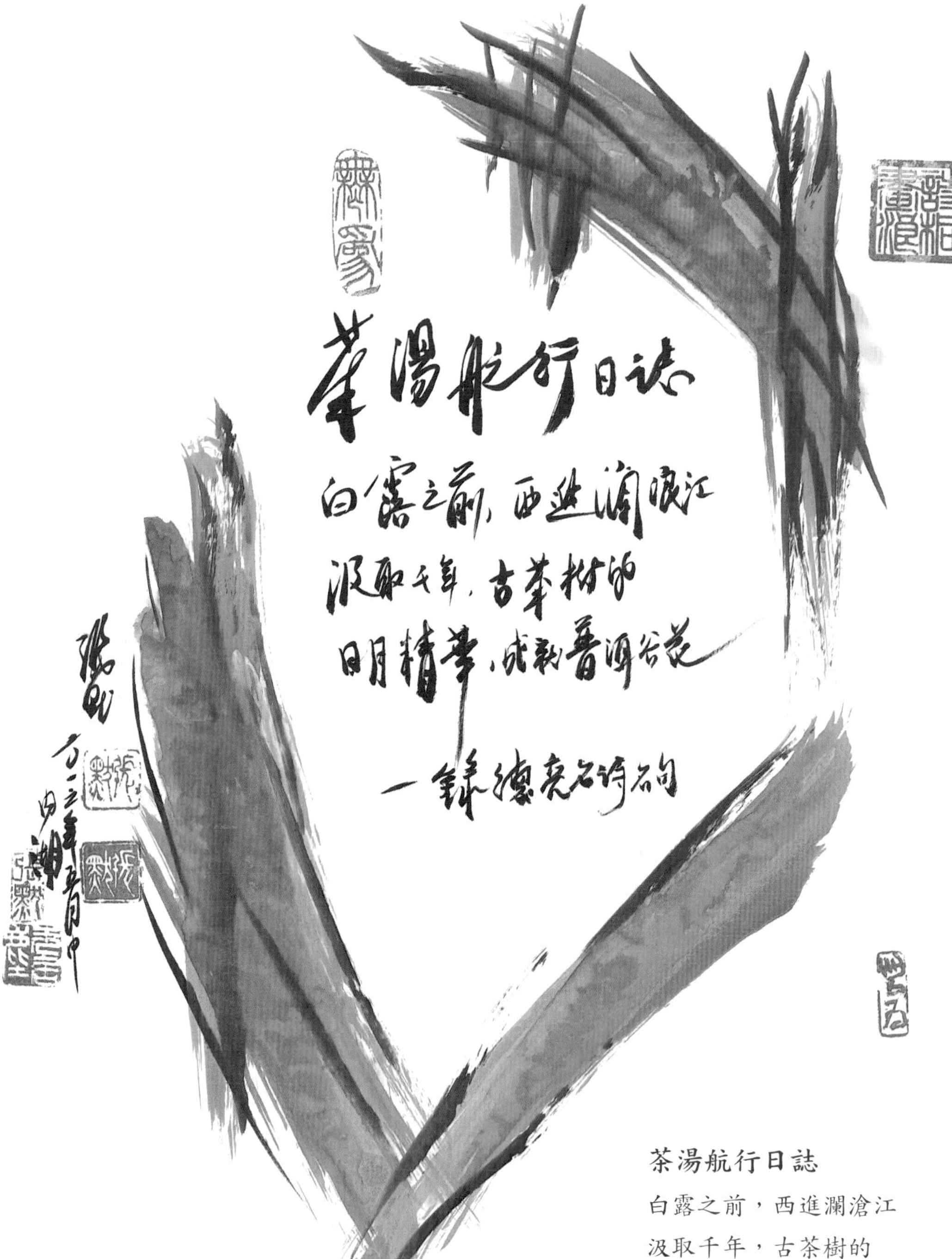

茶湯航行日誌

白露之前，西進瀾滄江
汲取千年，古茶樹的
日月精華，成就普洱谷花
——錄德亮名詩

水上芭蕾

女子在水中作畫
我在她的肢體上寫詩
一不小心被捲入
肢體的漩渦，溺斃

——錄雨弦名詩

謝靈運棄市之後

此刻一個人，寄養於客途
霧裡山裡夢裡詩裡
尚不知何處是歸宿
——錄陳義芝名詩

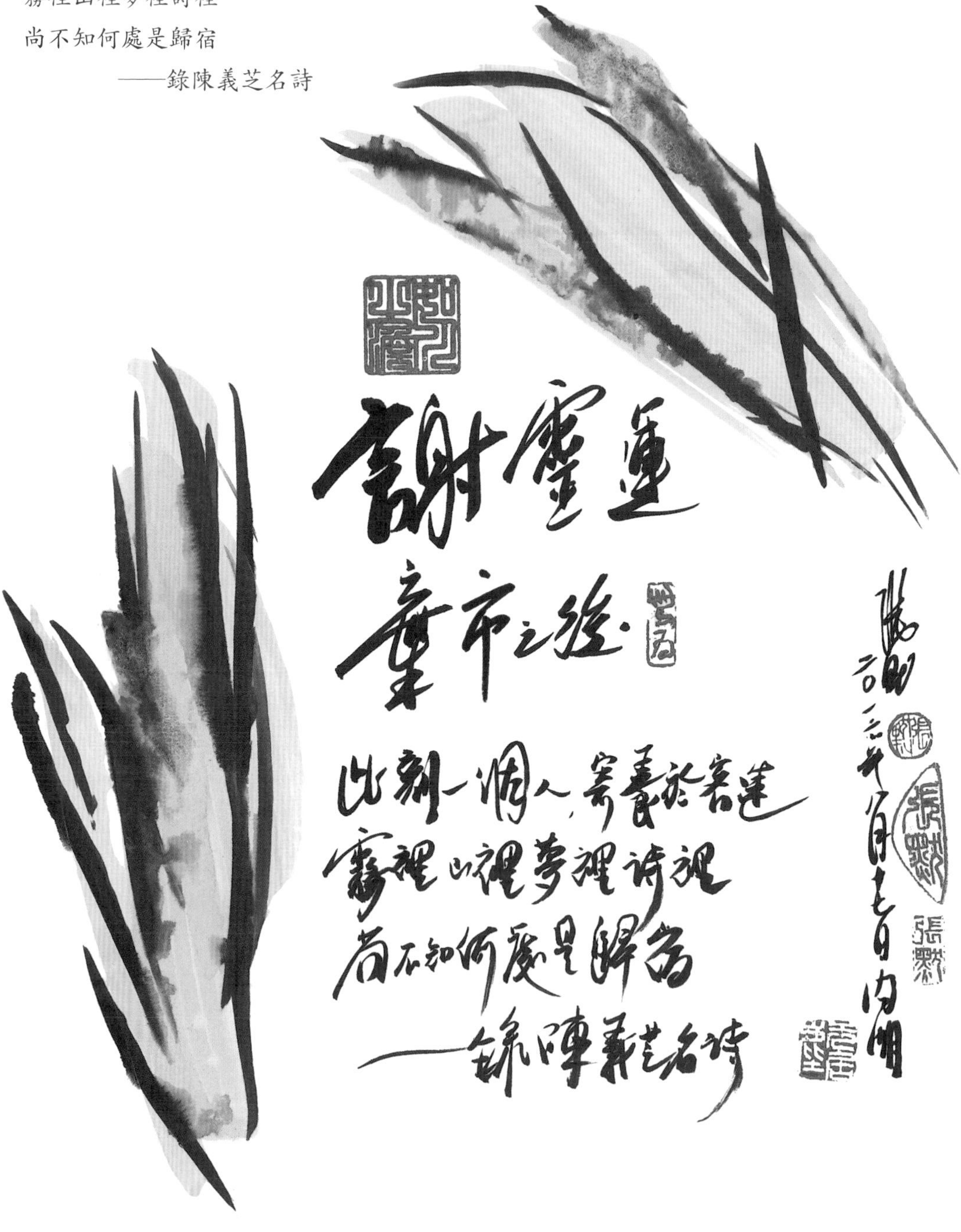

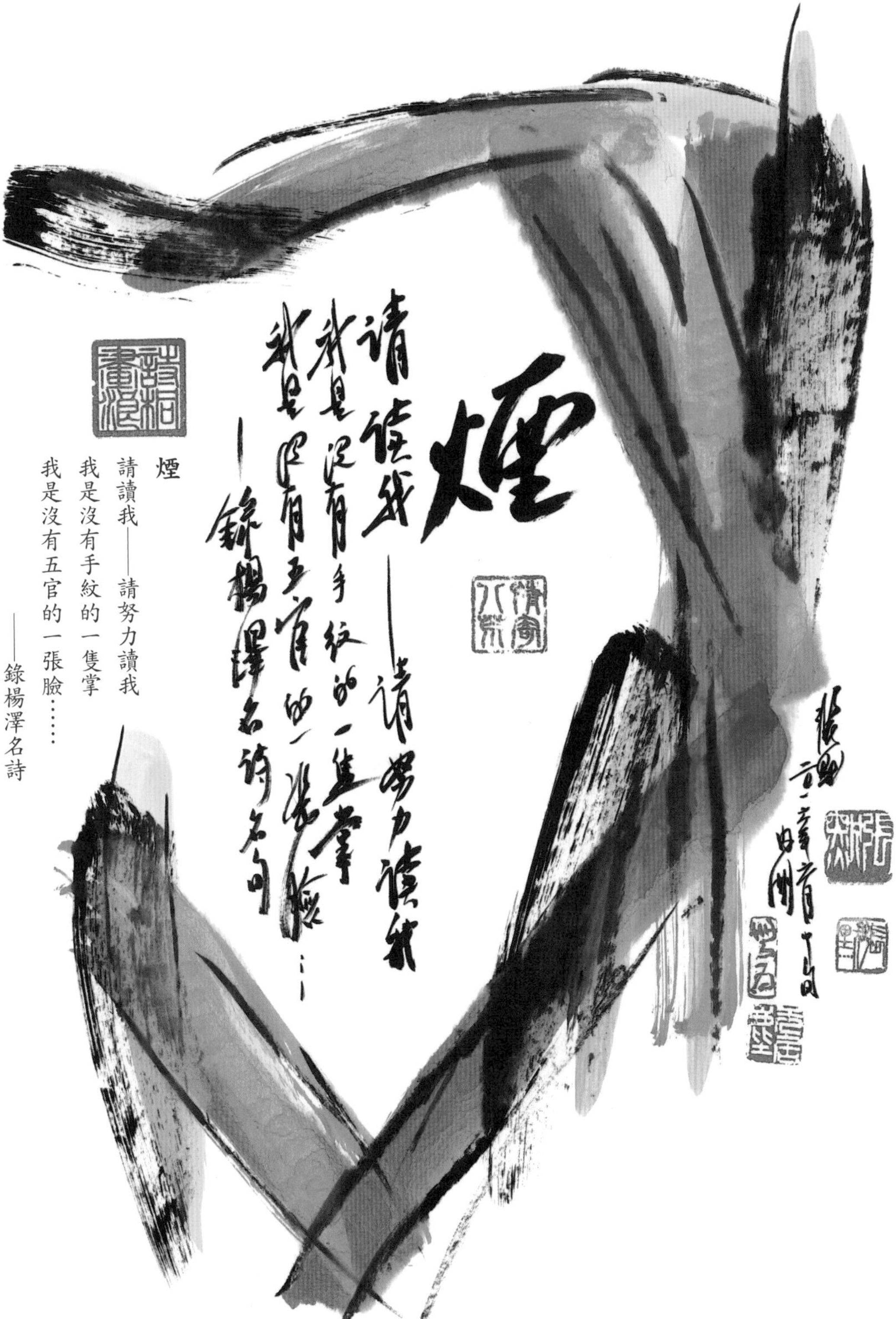
煙
請讀我——請努力讀我
我是沒有手紋的一隻掌
我是沒有五官的一張臉……
——錄楊澤名詩名句

煙

請讀我——請努力讀我
我是沒有手紋的一隻掌
我是沒有五官的一張臉……
——錄楊澤名詩

雨中的電話亭

突然

以思想擊響閃電的

鮮血淋漓的玫瑰啊

凋萎

——錄渡也小詩

小宇宙之 57

蛋：最優美的夢的

造型：不忍戳破的

冥想的子宮

——錄陳黎名詩

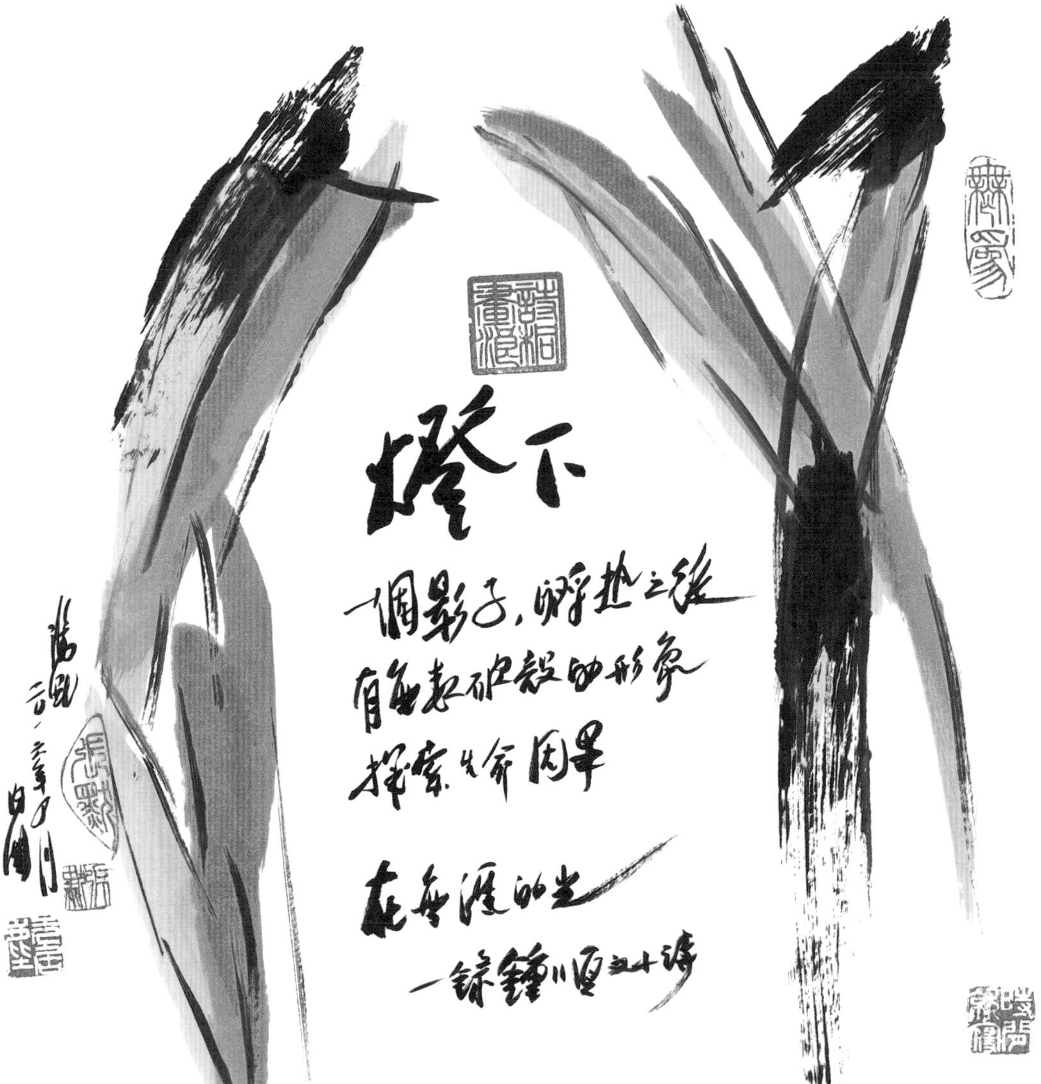

燈下

一個影子，孵熱之後
有無數破殼的形象
探索生命因果

在無涯的光

——錄鍾順文小詩

自白

我，只是潮水中
一顆石頭，在
捕捉人與自然的相關性
——錄楊柏林名詩

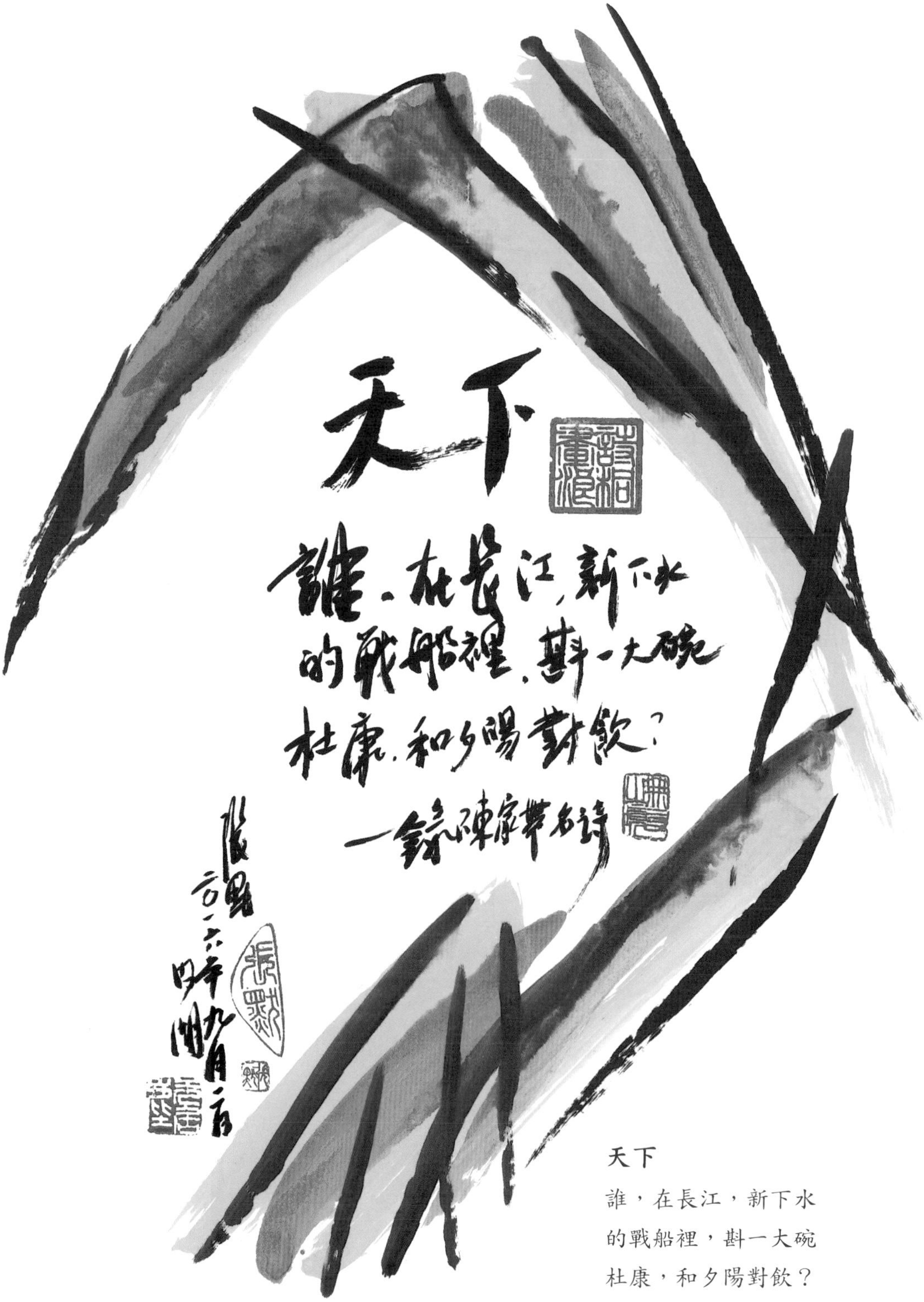
天下
誰、在長江、新下水
的戰船裡、斟一大碗
杜康、和夕陽對飲？
—錄陳家帶名詩
張默

天下

誰，在長江，新下水
的戰船裡，斟一大碗
杜康，和夕陽對飲？
——錄陳家帶名詩

花瓶

這是一則現代神話
日日插花的婦人
終而變成一隻花瓶
——錄歐團圓名詩

花瓶
這是一則現代神話
日日插花的婦人
終而變成一隻花瓶
——錄歐團圓名詩

骨瓷

不用摔落，我祇是面對
黑暗，歲月便開始骨折
叮叮噹噹脆響

——錄張國治名詩

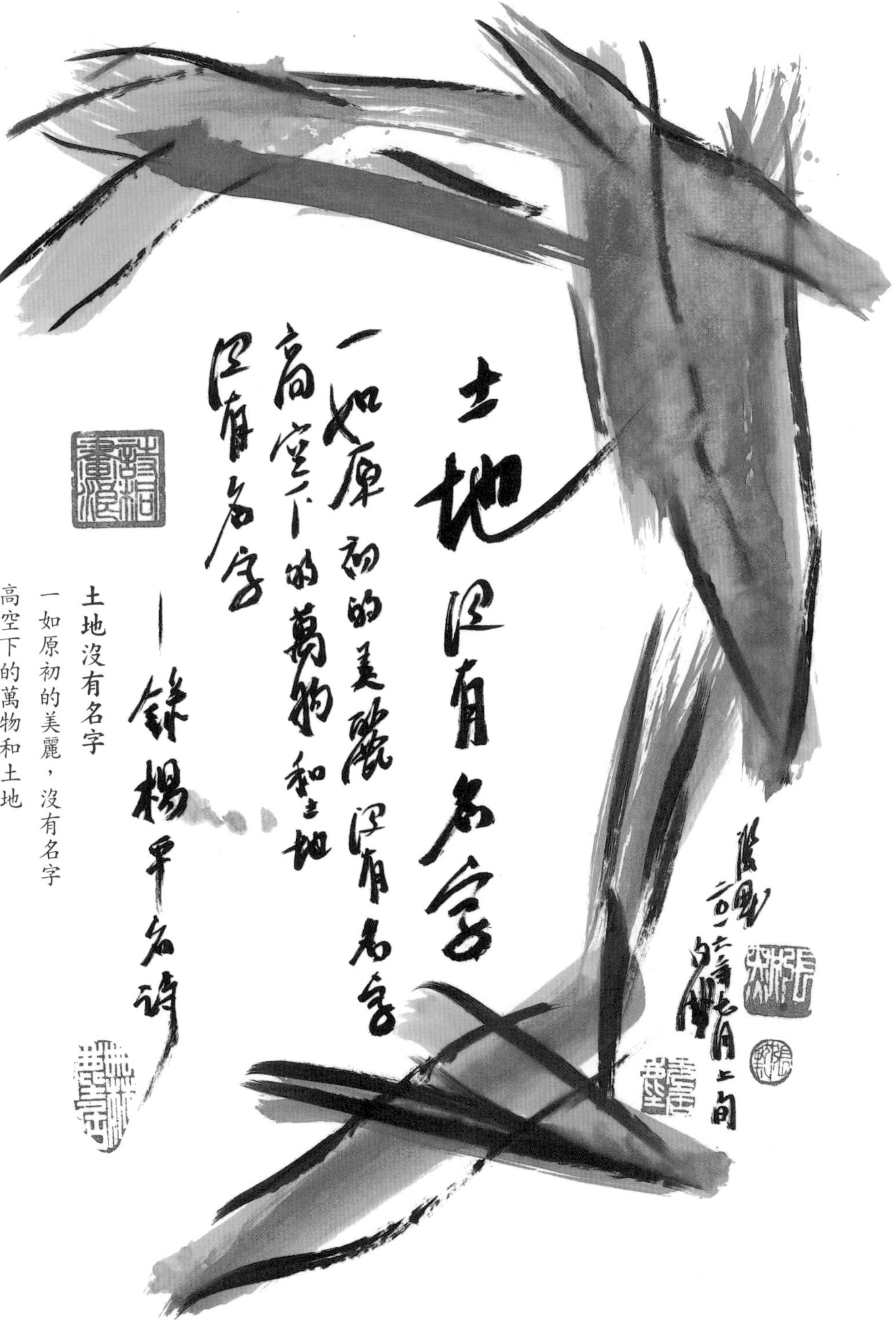

土地沒有名字
一如原初的美麗，沒有名字
高空下的萬物和土地
沒有名字

——錄楊平名詩

白千層

我不知道，第一層白到
第一千層白，究竟是以什麼樣的耐心
與毅力遮疊上去的

——錄初安民名詩

白千層
我不知道，第一層白到第一千層白，究竟是以什麼樣的耐心與毅力遮疊上去的
—錄初安民名詩名句

一生

那久違的激情，早已
垂垂老去，像鏽蝕的風鈴
偶爾憶起，才嗑嗑叩叩
給路過的寂寞聽

——錄徐望雲名詩

衣櫃

比一甲子還老的衣櫃
是一座巍峨的黑巖
悄靜的聳立在無夢的天窗下
——錄路寒袖名詩

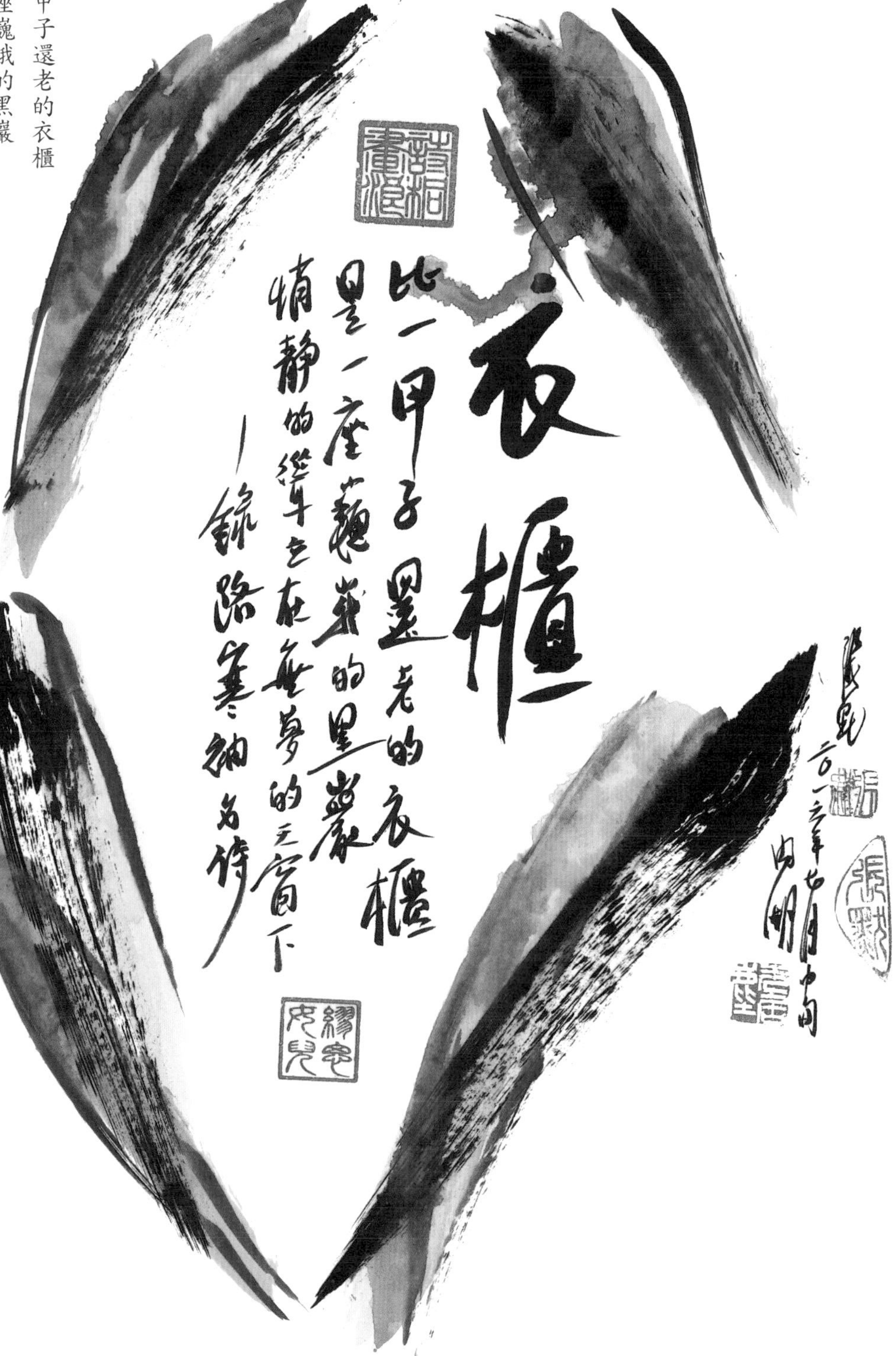

聽蟬

他抓住一根細細長長的
繩索，不停地
攀登，向上，不停地
——錄孫維民名詩

詩的時間狂喜

寫詩的瞬間是，自我的獨白
獨白的前奏是，眾聲交響
眾聲交響，在弦外之音……

——錄孟樊名詩

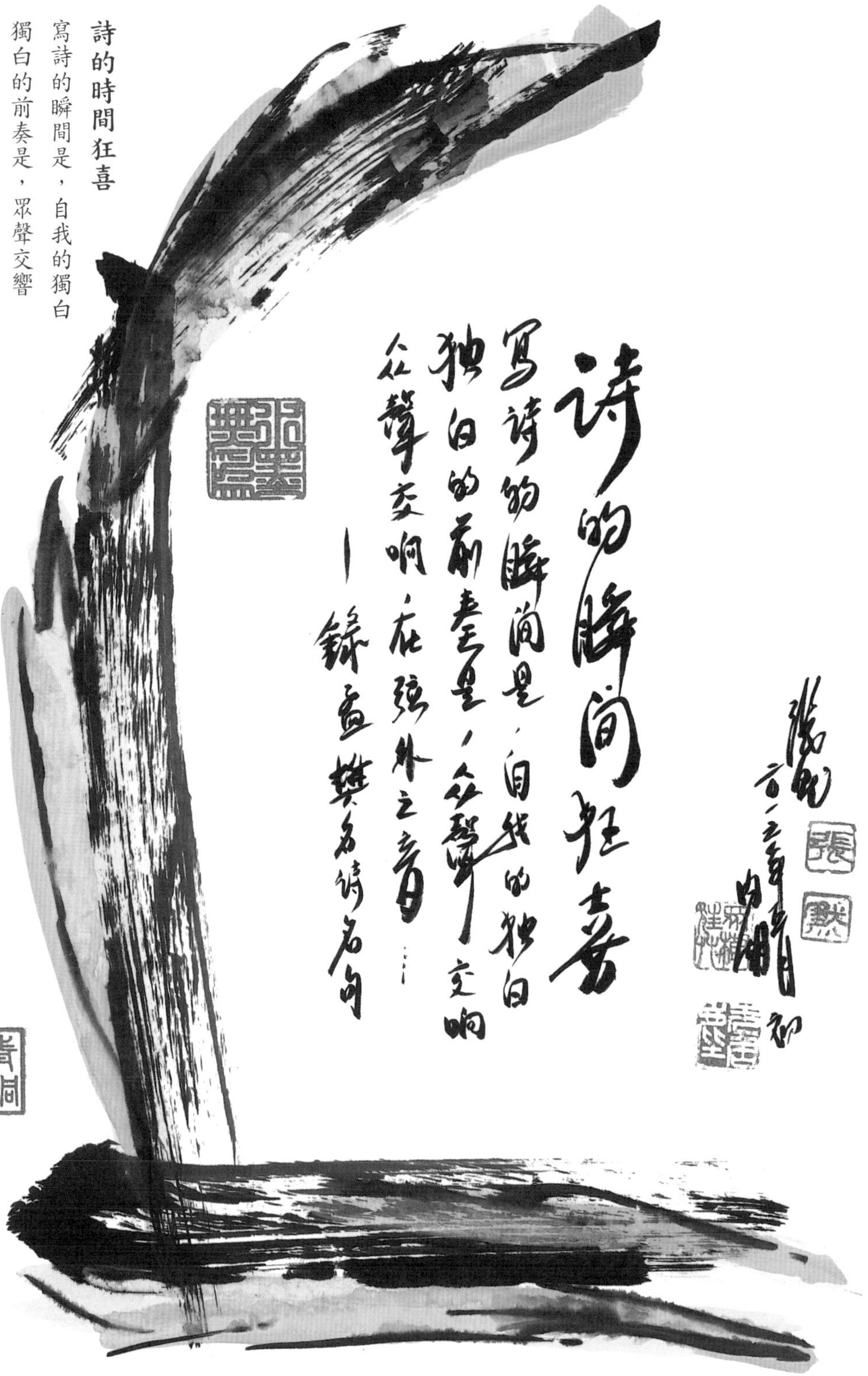

下午

都市的下午
僵固的浪，緩緩地
流動著
——錄江中明名詩

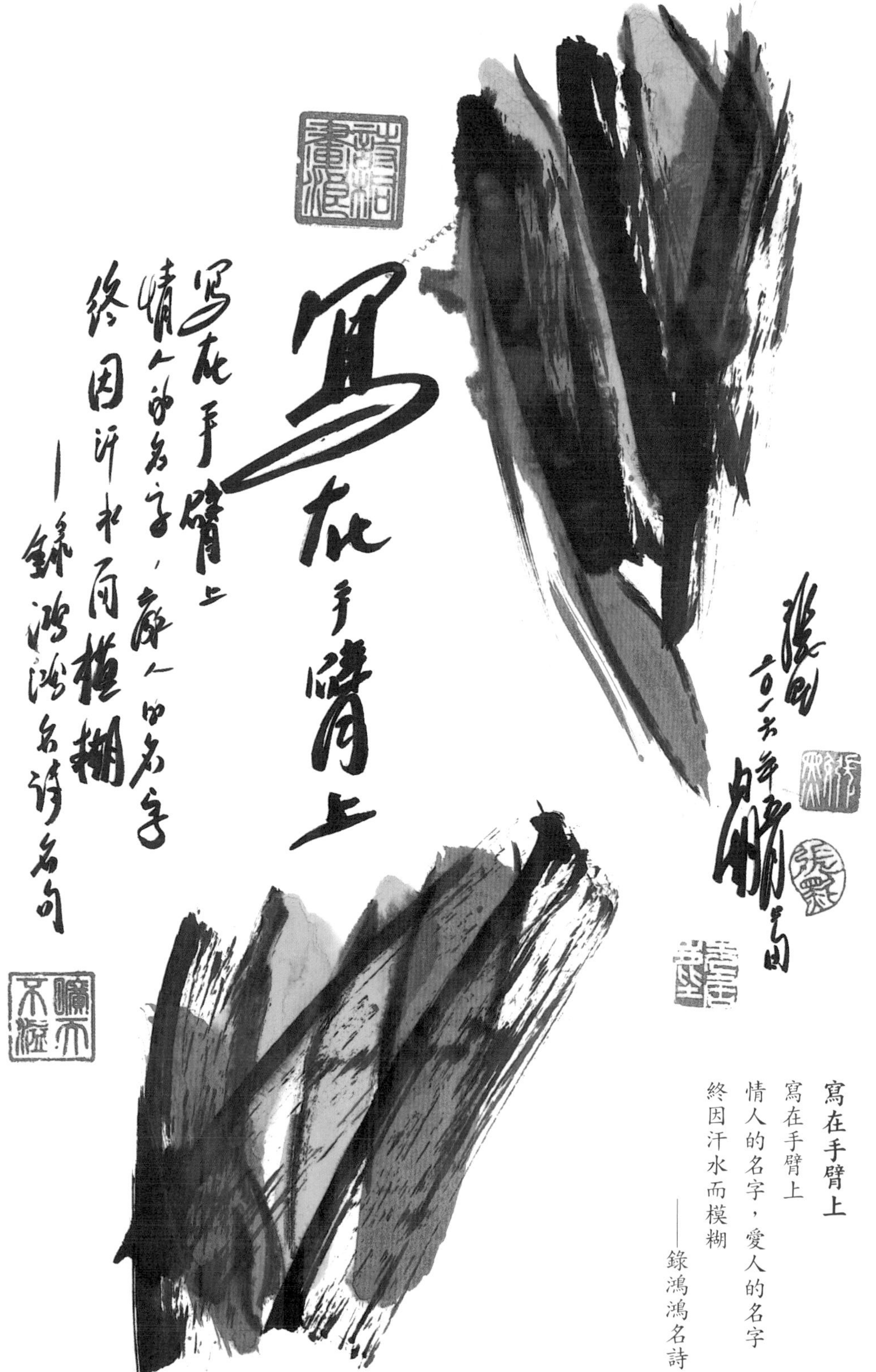

寫在手臂上

寫在手臂上
情人的名字，愛人的名字
終因汗水而模糊

——錄鴻鴻名詩

種花

有約同去春天的苗圃
那裡曾經一千朵曇花同時開起來
然而有幸目睹其凋謝
卻不是我們前來的目的

——錄陳克華名詩

種花
有約同去春天的苗圃
那裡曾經一千朵曇花同時開起來
然而有幸目睹其凋謝
卻不是我們前來的目的
—錄陳克華名詩句

秋天裁詩

離開蛋殼裡的風暴
和閃電，我聽見
油鍋喊著：詩，詩，詩⋯⋯
——錄李進文名詩

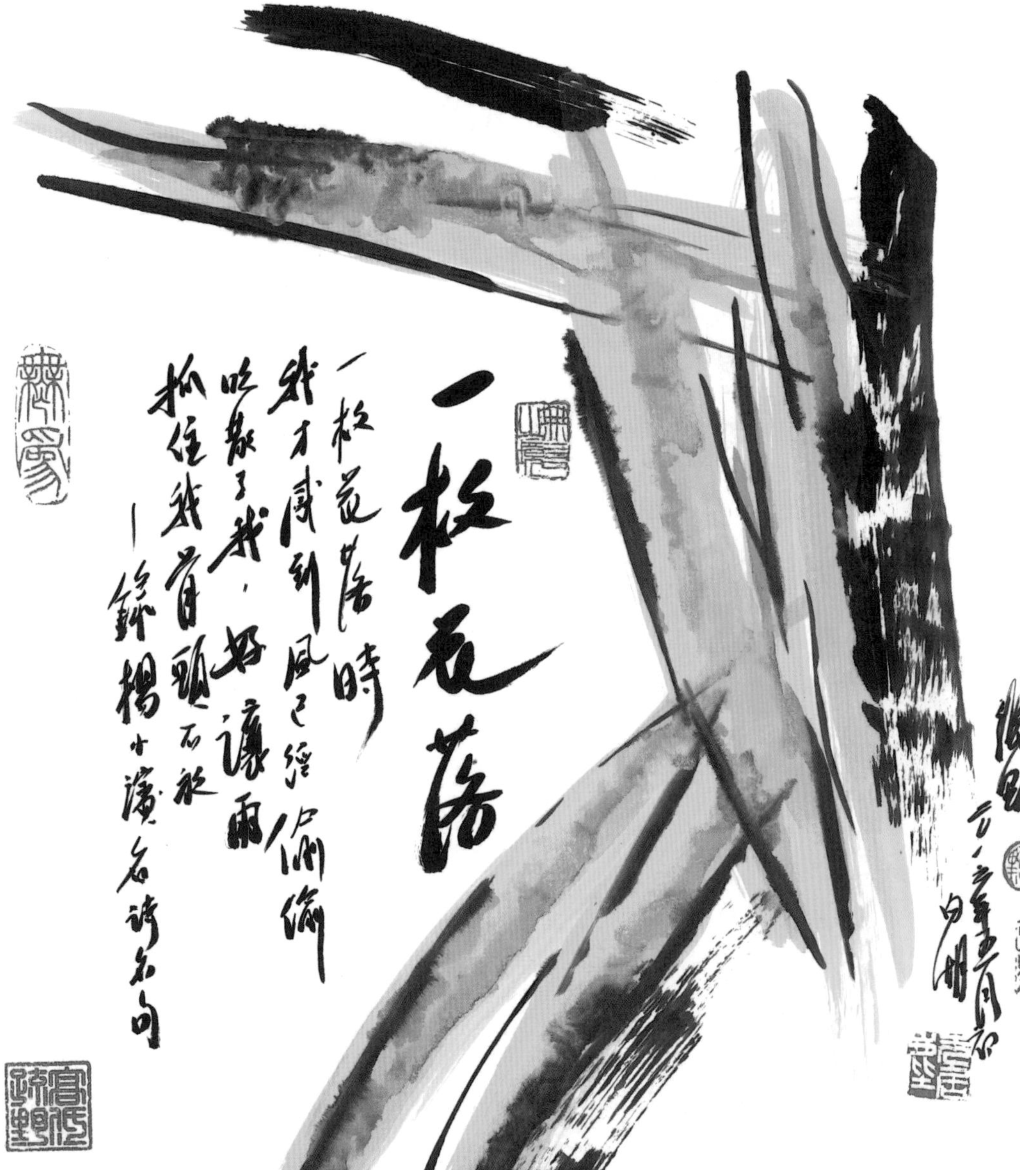

一枚花落

一枚花落時
我才感到風已經偷偷
吹散了我，好讓雨
抓住我骨頭不放

——錄楊小濱名詩

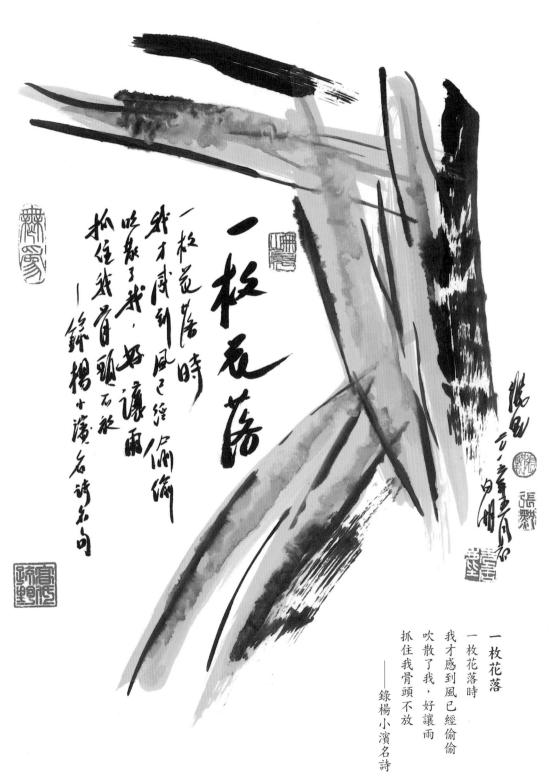

在時間盡止處

這隱隱的秋深

勾動了心如瘟疫

一群野馬在高原恣意地疾走

飛蹄踏出了火光

——錄許悔之名詩

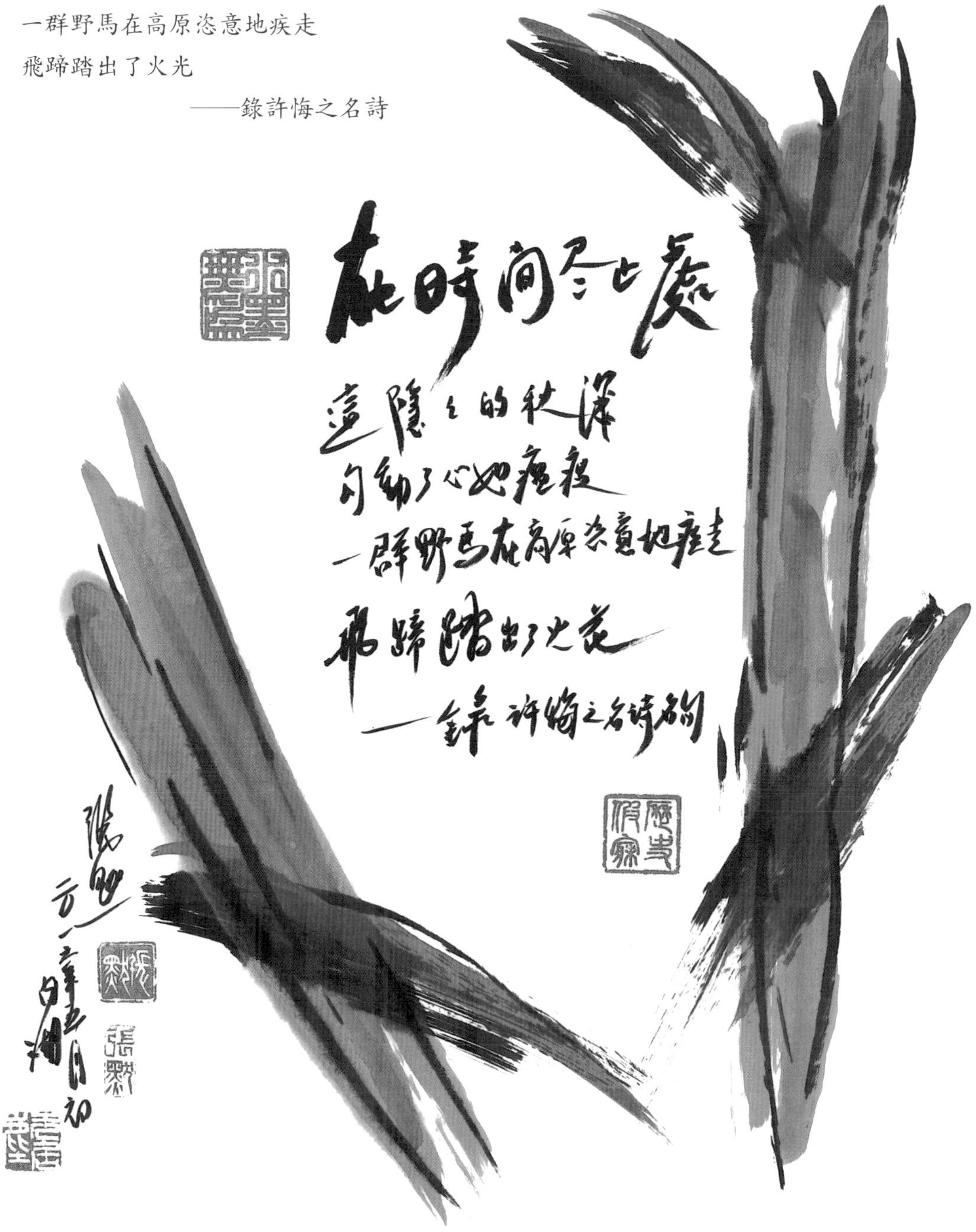

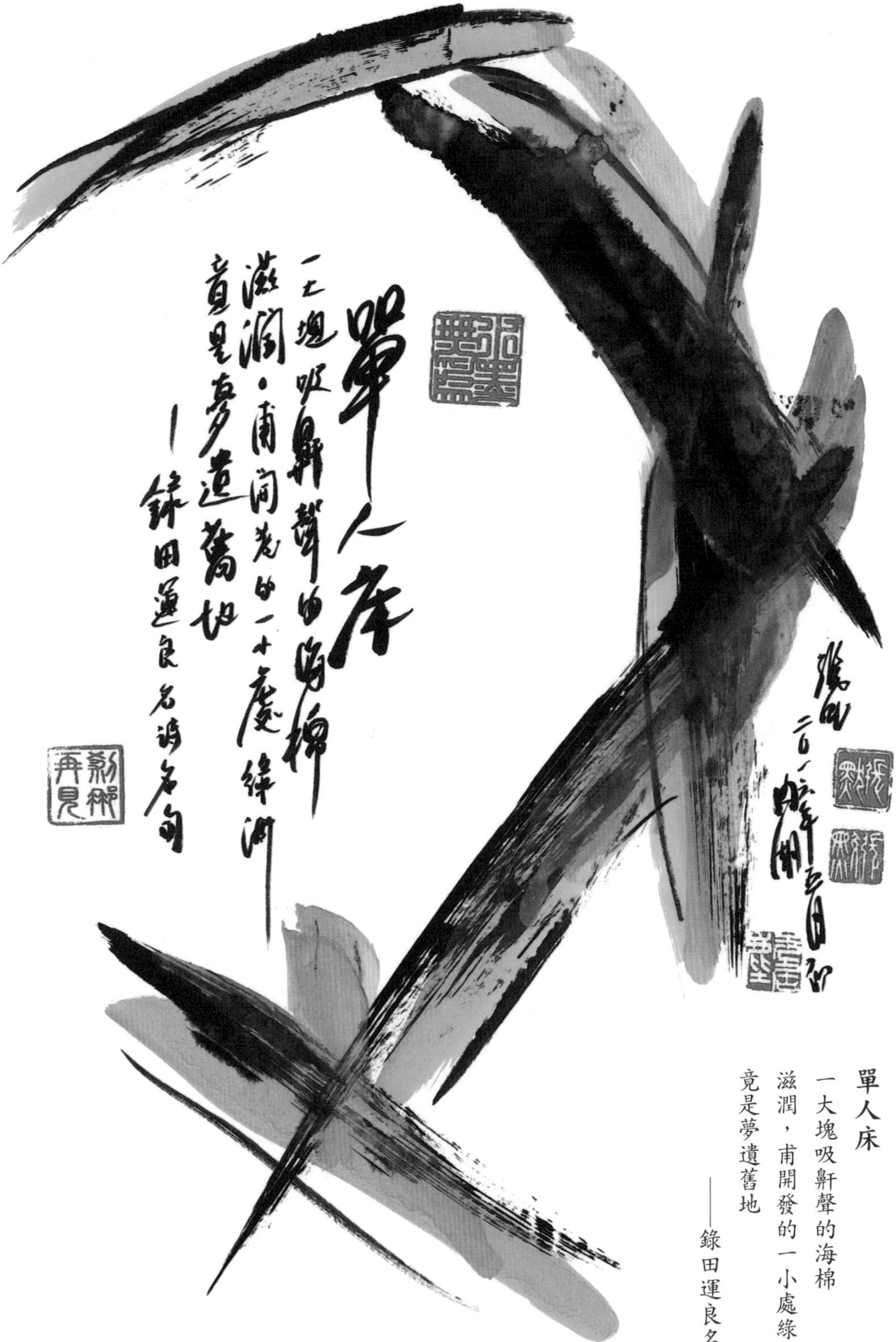

單人床
一大塊吸鼾聲的海棉
滋潤，甫開發的一小處綠洲
竟是夢遺舊地
——錄田運良名詩

稻草人
我的影子離開了我的軀體
奔跑出火焰遠離
田園

——錄須文蔚名詩

紅塵客棧

斜映的枝椏，睡得安詳
對杯上的牡丹，卻被妳
輕聲唸誦的宋詞剪亂
——錄王宗仁名詩

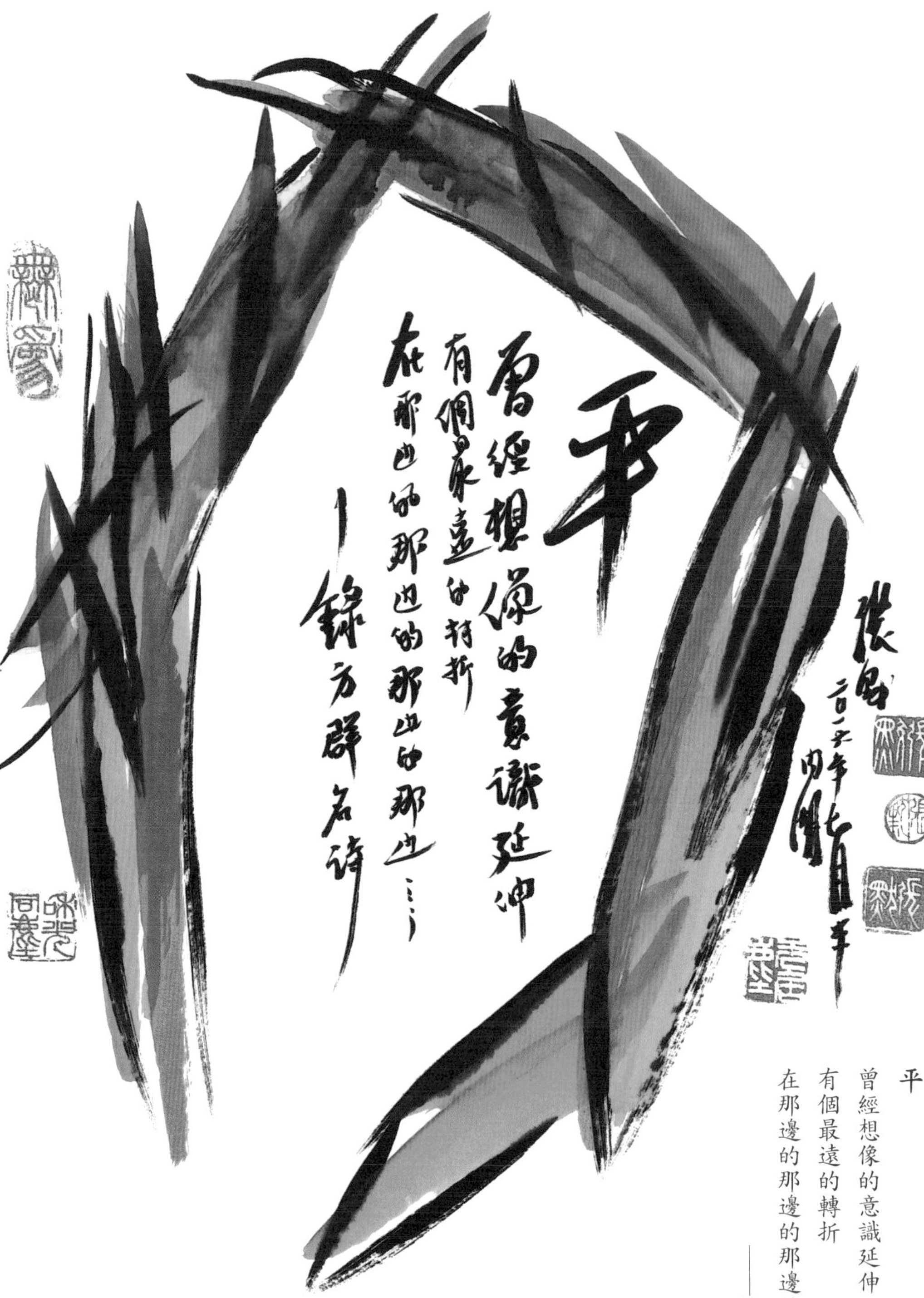
平
曾經想像的意識延伸
有個最遠的轉折
在那邊的那邊的那邊的那邊……
—錄方群名詩

平

曾經想像的意識延伸
有個最遠的轉折
在那邊的那邊的那邊的那邊……

——錄方群名詩

玻璃

玻璃總是睜開眼睛
看著我的遠方
為了給他全新的睡眠
我選擇將他碎成一地
——錄嚴忠政名詩

燃一支菸

燃一支菸　坐在堤上
你說星星
也是燃著的菸頭
握在天使的手上
——錄唐捐名詩

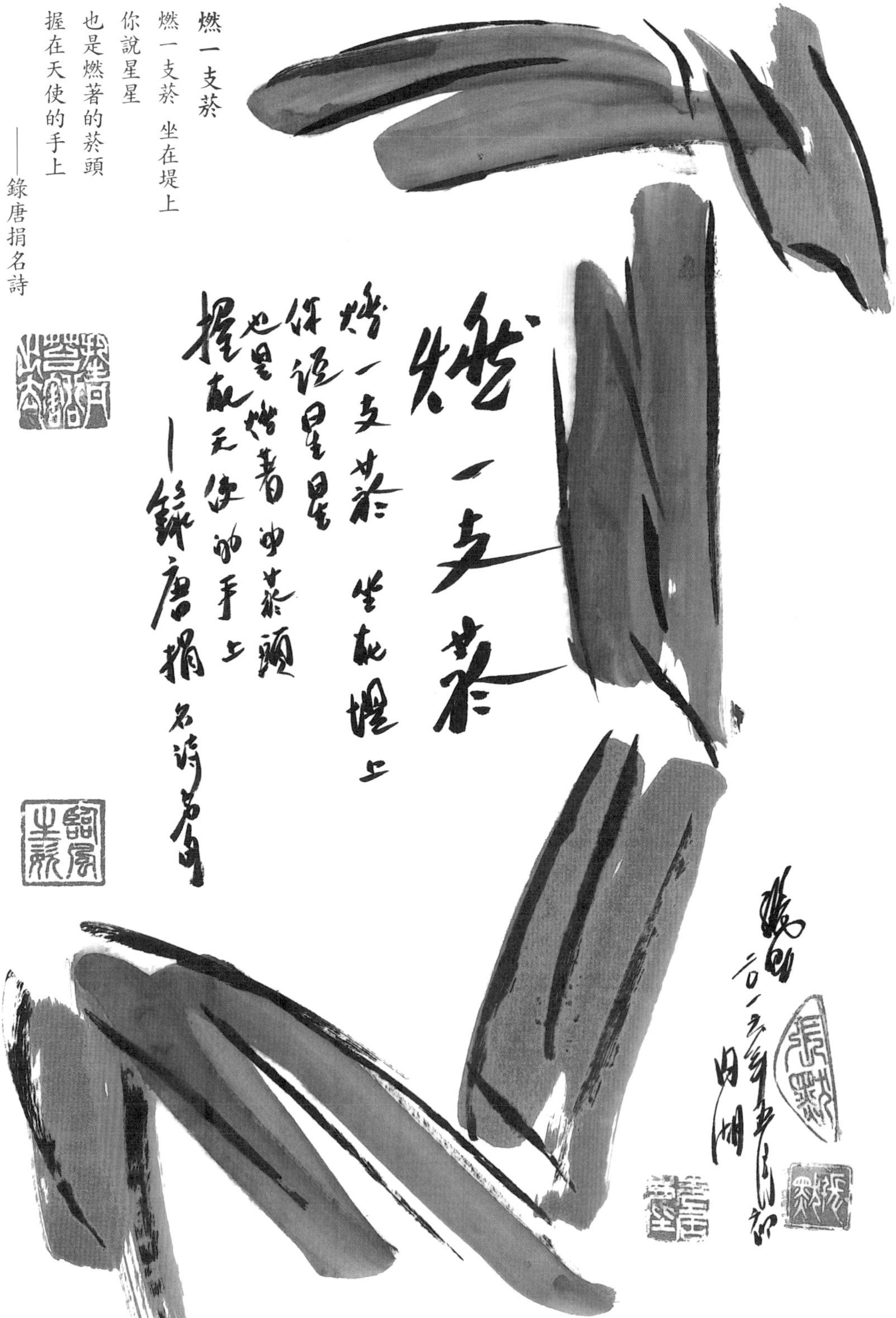

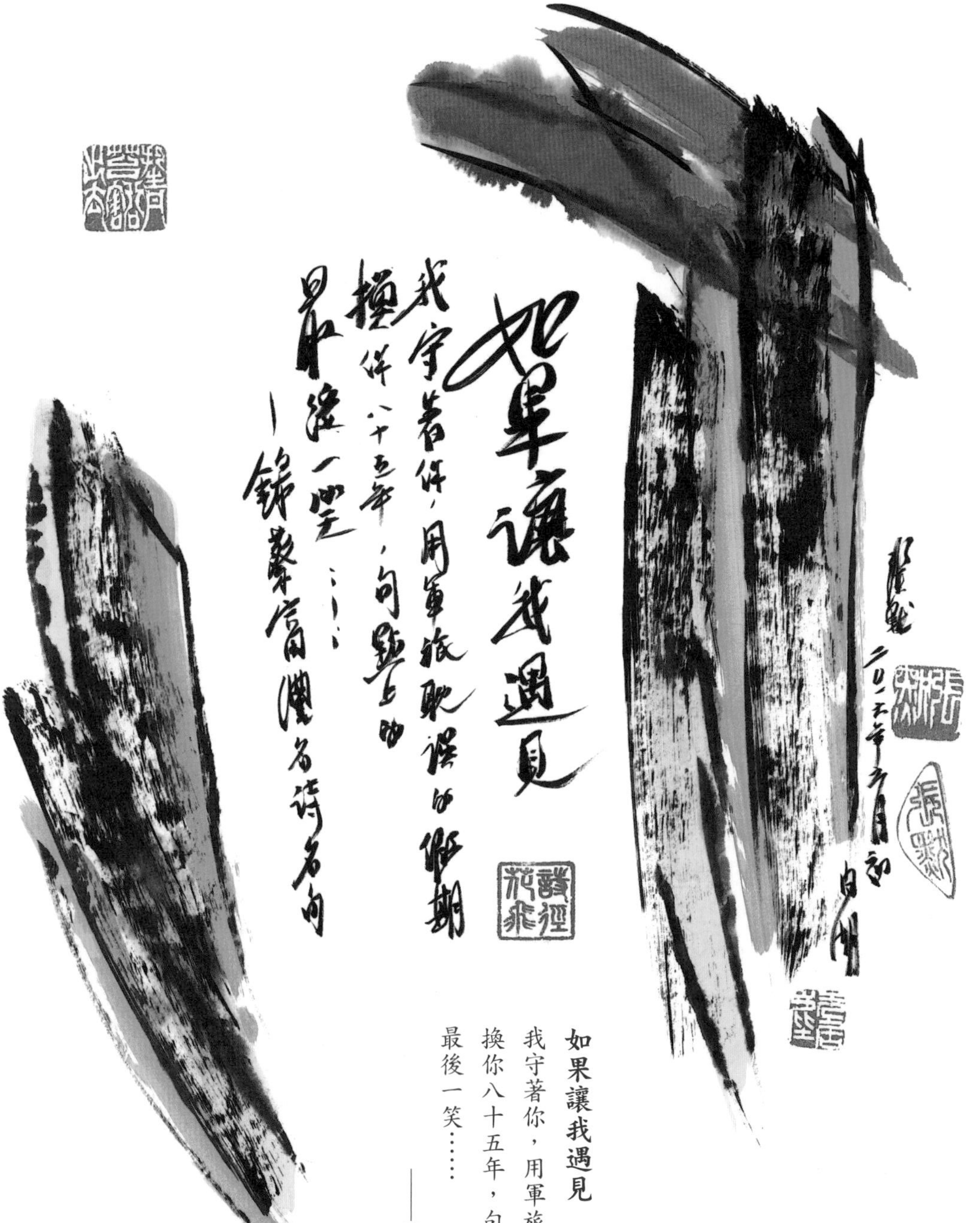

如果讓我遇見
我守著你，用軍旅耽誤的假期
換你八十五年，句點上的
最後一笑……

——錄蔡富澧名詩

陰影領域

面對你璀璨煙火般
曖昧的愛欲——
我的熱情：只是
一根寂寞的　火柴

——錄紀小樣名詩

水族箱

一尾尾魚從口中
擠兌而出，然而我並不用
刷牙，因為
海是鹹的

——錄丁威仁名詩

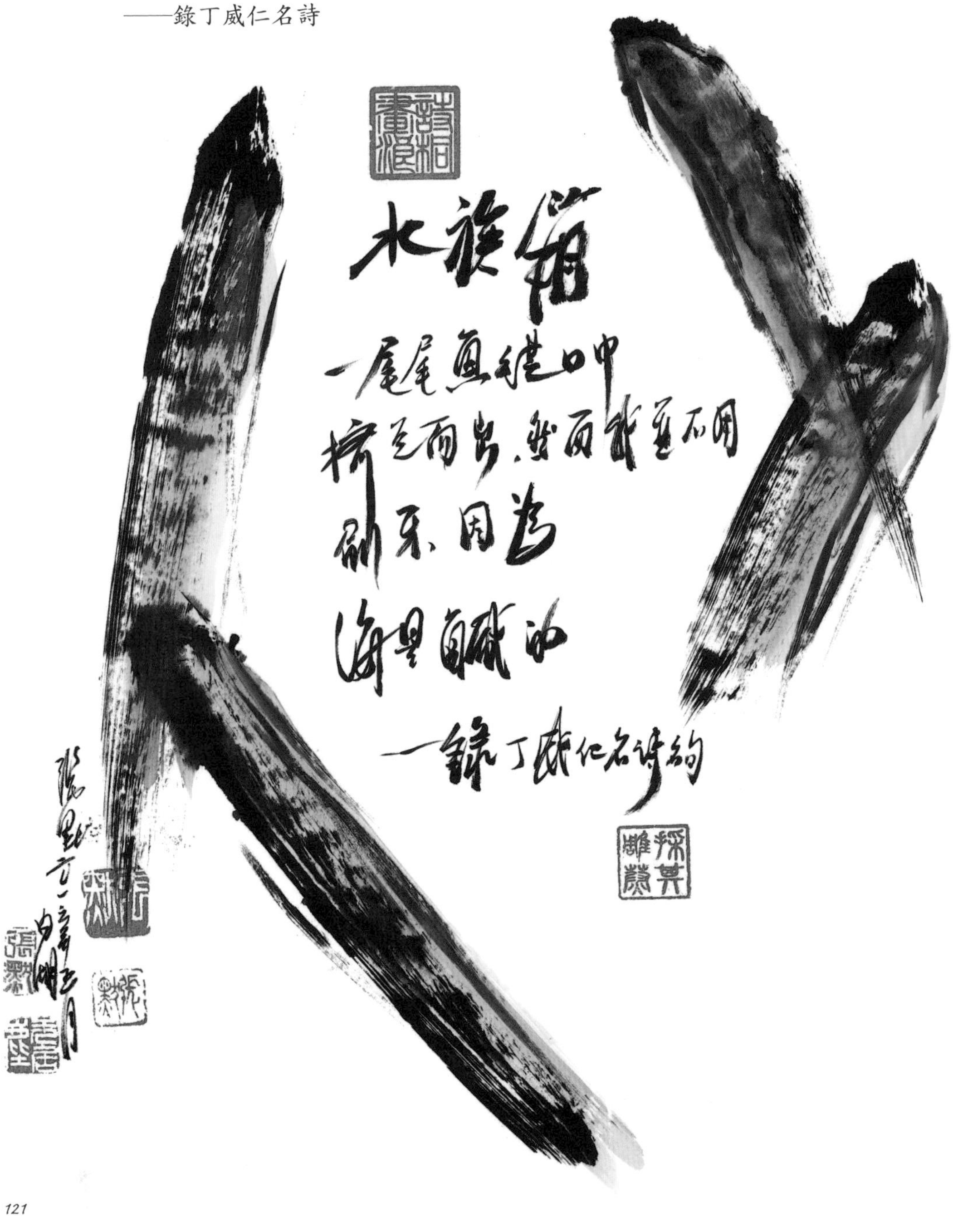

深角度

一排螞蟻
辛勤地搬運著什麼
鏡頭拉近　放大特寫
每一隻背上都馱著一本詩集

——錄林德俊名詩

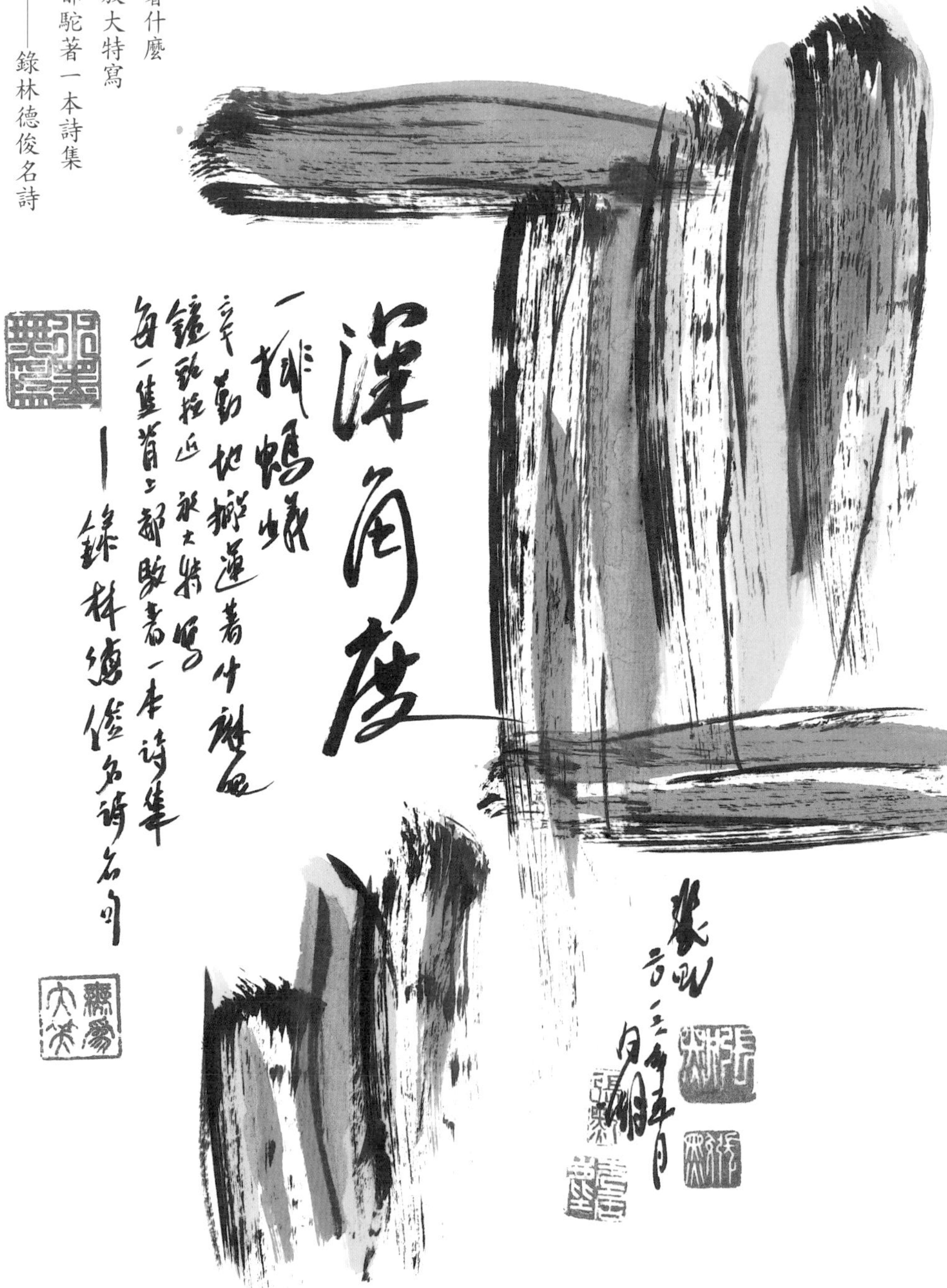

在隔壁

在隔壁 我聽見
死亡被床放大的掙扎
一寸一寸吃掉
恐懼可以躲藏的距離
——錄陳大為名詩

有河流在遺失

感念的天光

恩賜的幸福

逸行的帆船，自夏季回航

——錄解昆樺名詩

拋光

而我想寫下這一切
一盞空屋的燈
和它的自知之明

——錄范家駿名詩

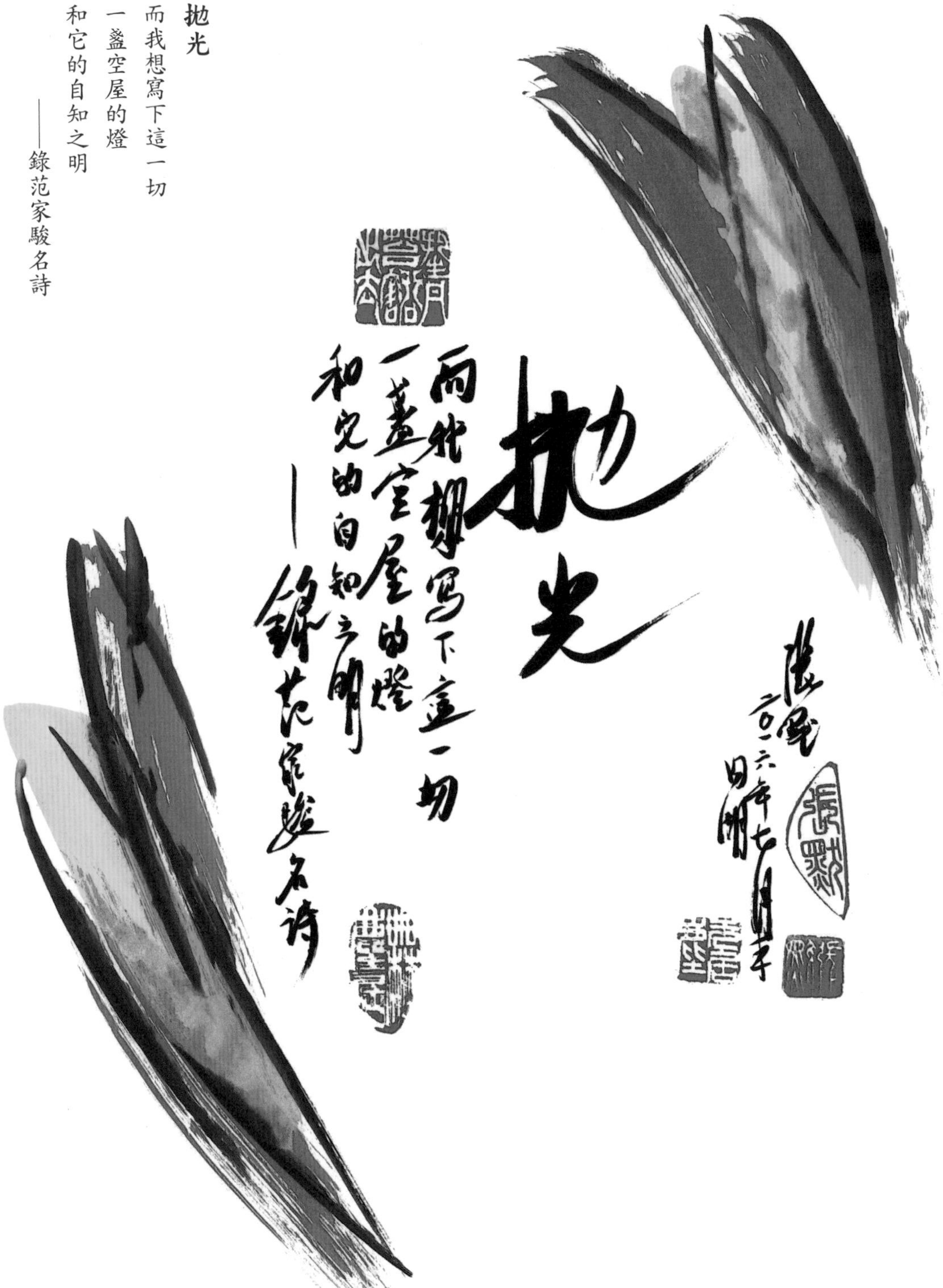

雨林
我的肺是一座小小的雨林
因為愛你，而日漸萎縮
以致整個世界
都不能呼吸
—錄楊寒名句

雨林

我的肺是一座小小的雨林
因為愛你，而日漸萎縮
以致整個世界
都不能呼吸

——錄楊寒名詩

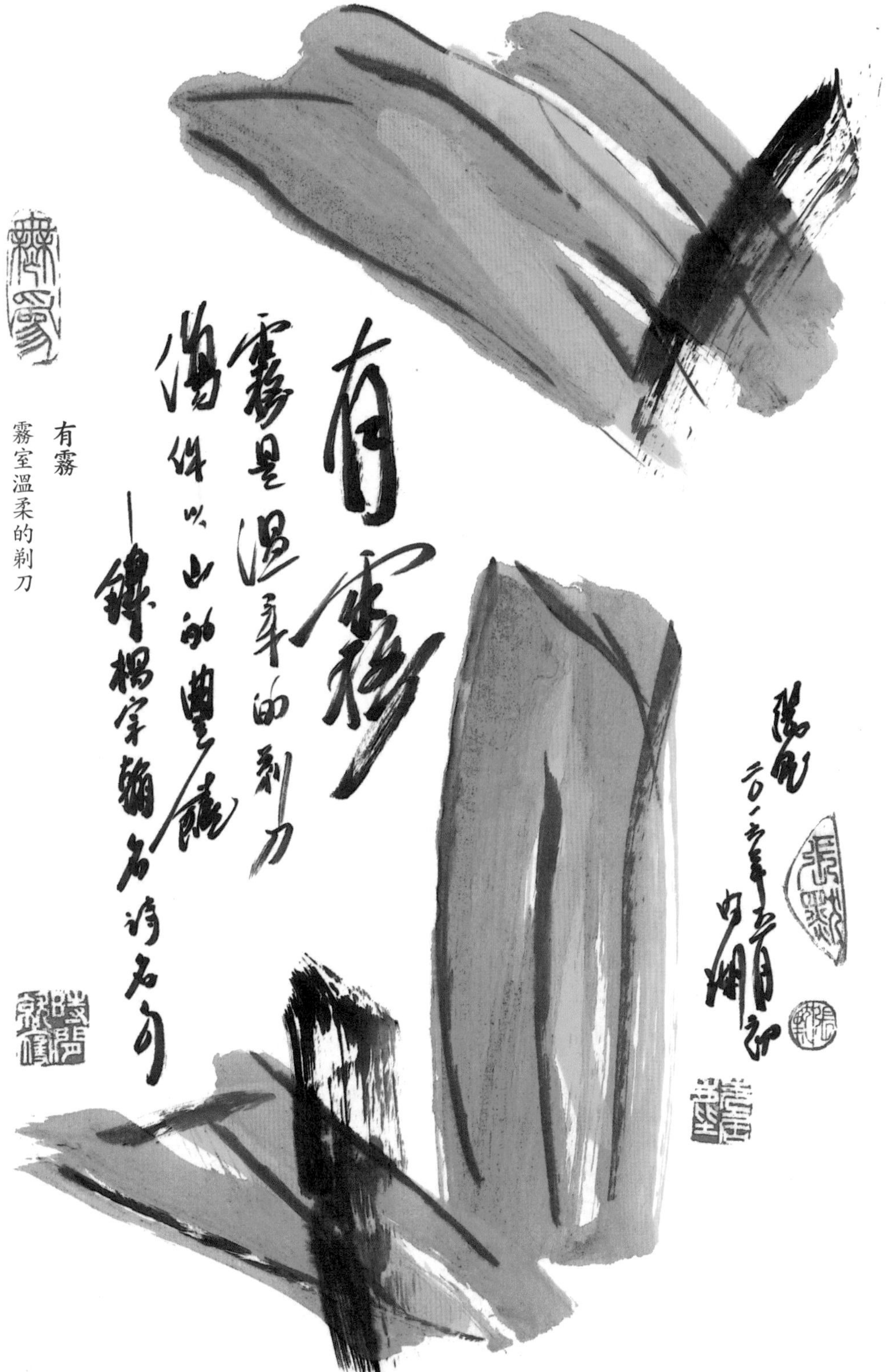

有霧
霧室溫柔的剃刀
傷你以山的豐饒
——錄楊宗翰名詩

天燈
在眾人來不及驚呼
之前，啊
又墜回了漆黑的大地
——錄鯨向海名詩

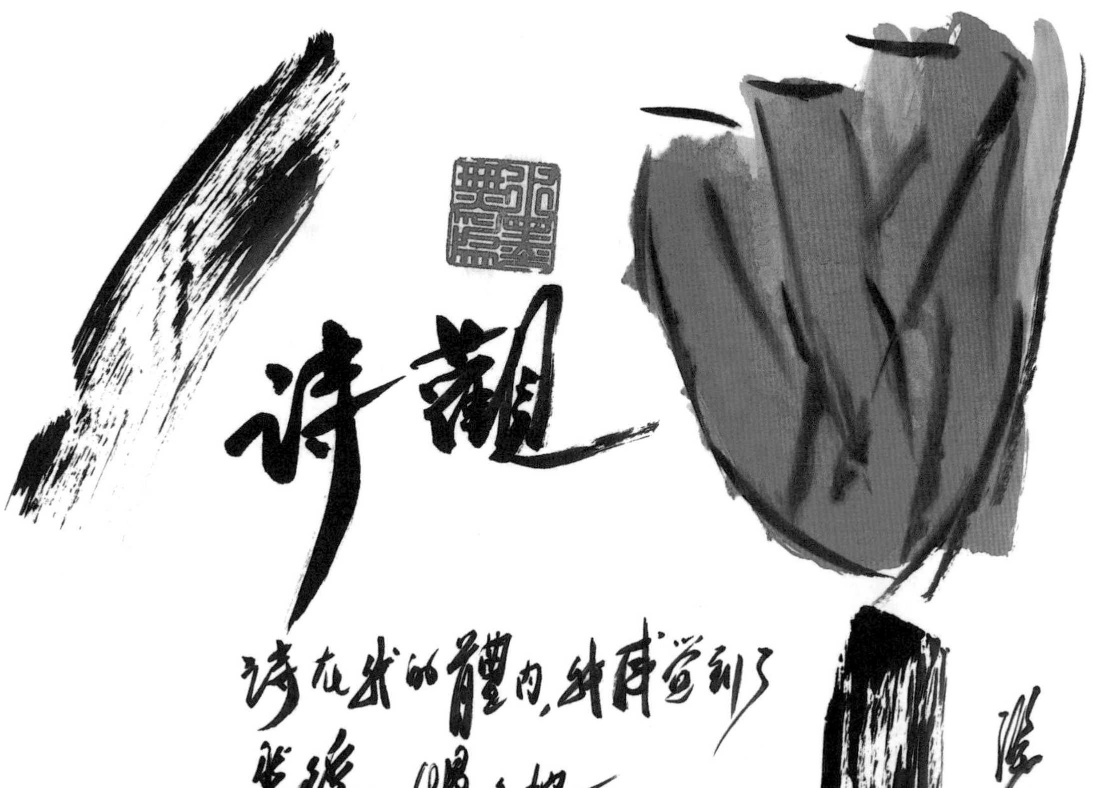

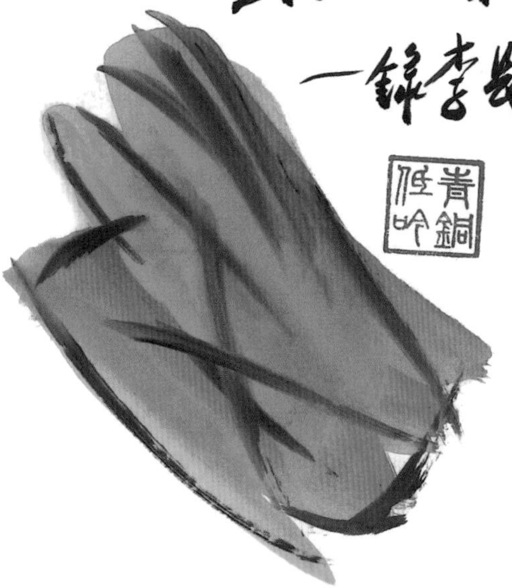

詩觀

詩在我體內，我感覺到了
然後　慢慢地
我流下了　輕盈的淚水
——錄李長青名詩

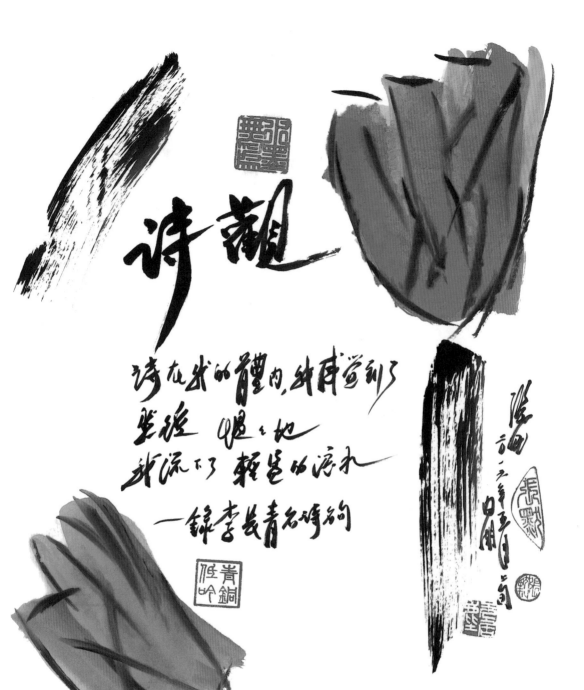

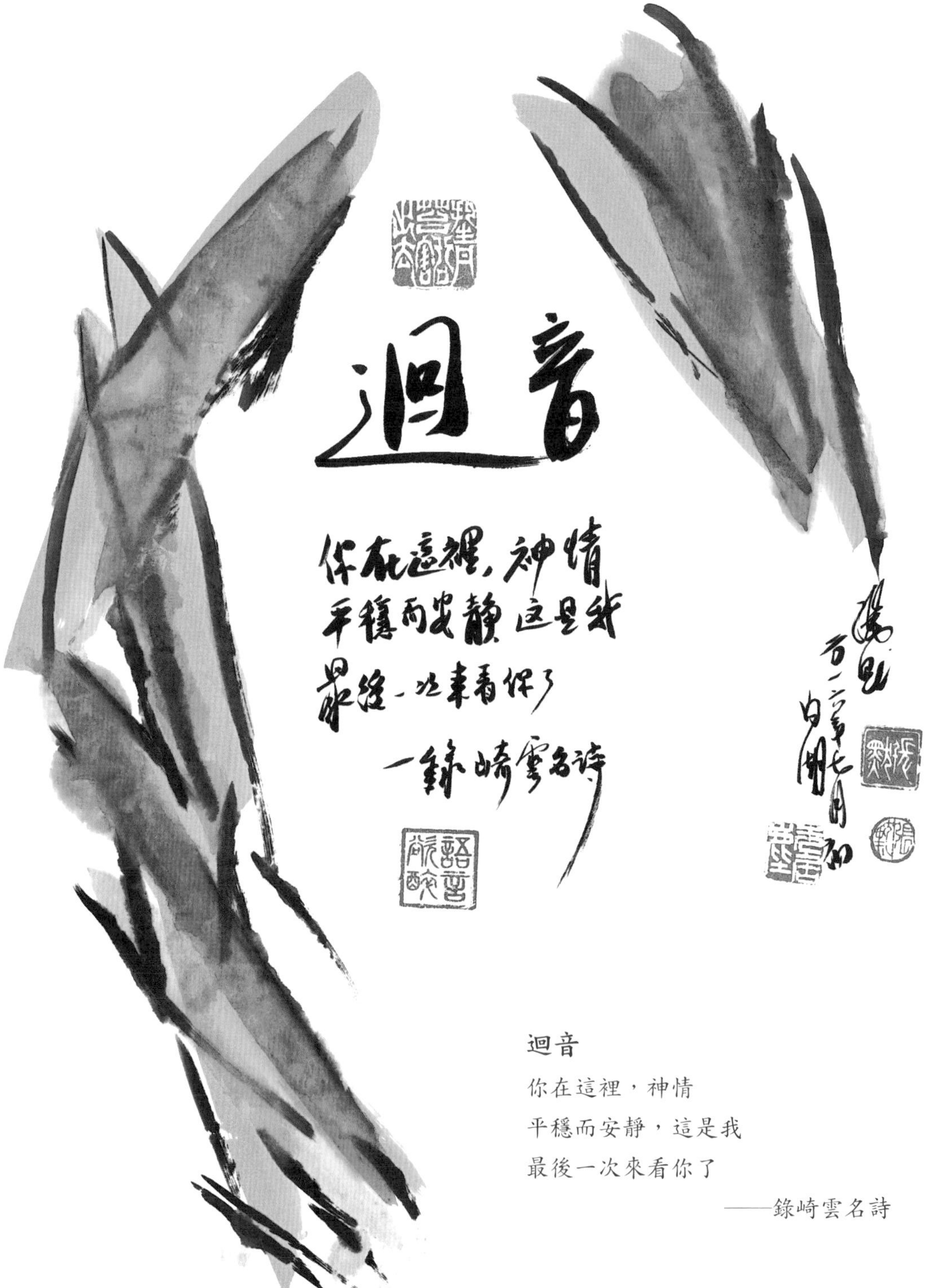

迴音

你在這裡，神情
平穩而安靜，這是我
最後一次來看你了

——錄崎雲名詩

文字式電愛
替想念在異鄉設立一棵樹
用葉的流轉
記錄偶然路過的髮梢
——錄白豐源名詩

無為草堂

那是古籍裡的一種自然
用來抵禦車馬和
聲響的冷

——錄余小光名詩

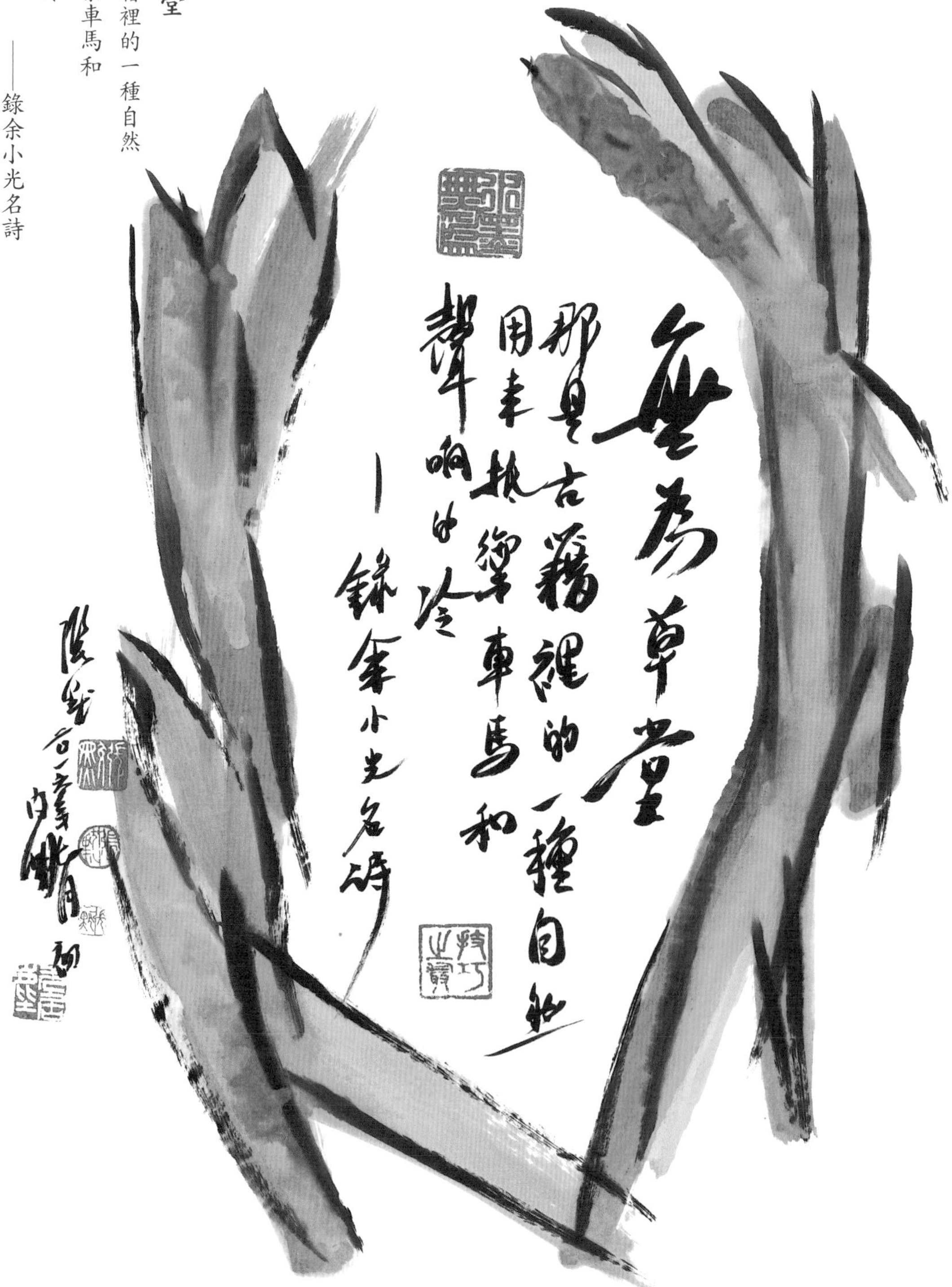

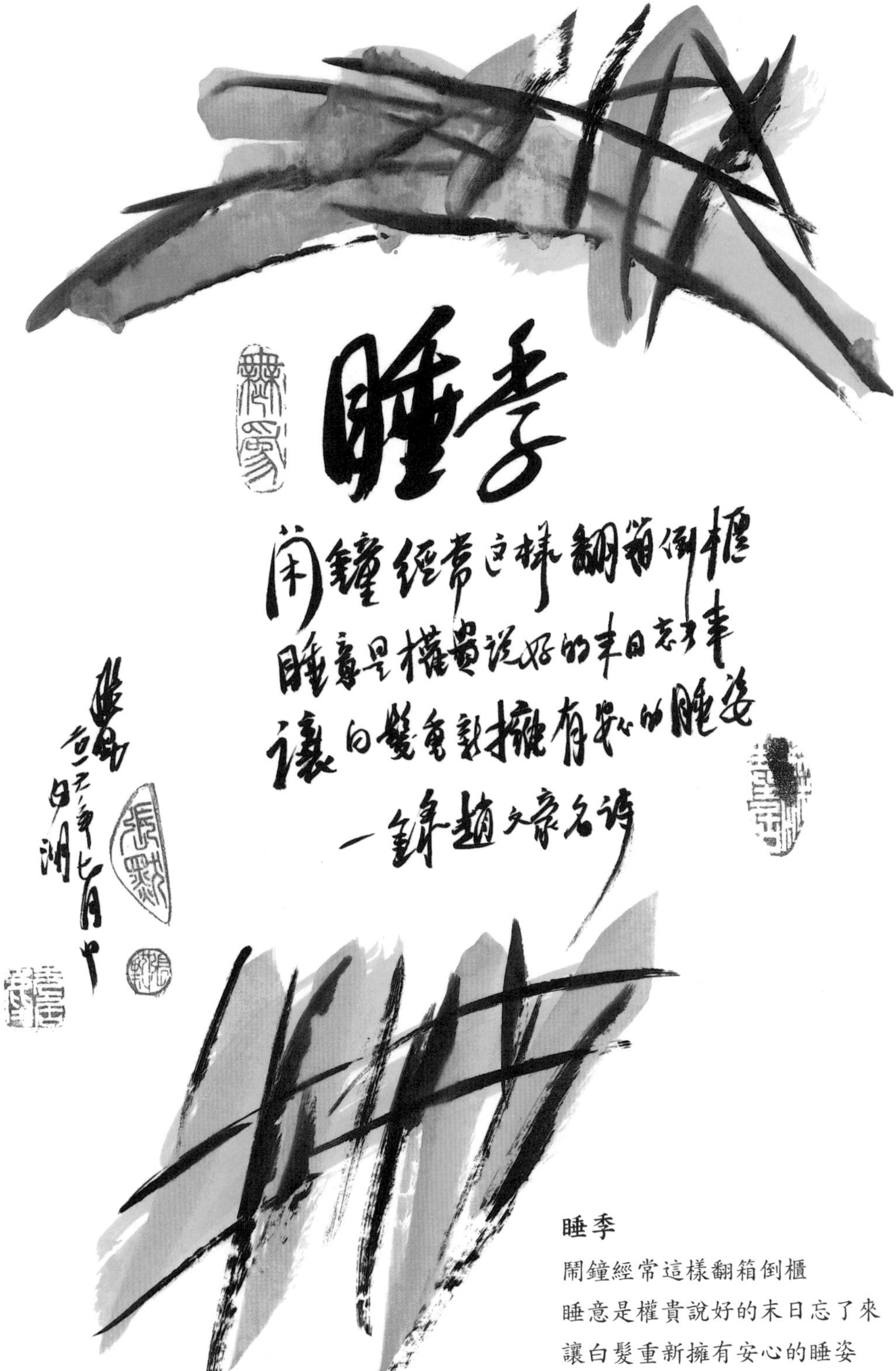

睡季

鬧鐘經常這樣翻箱倒櫃
睡意是權貴說好的末日忘了來
讓白髮重新擁有安心的睡姿
——錄趙文豪名詩

意象
便秘的人，蹲馬桶
意向仍無下落
只好放個屁，就走
——錄陳允元名詩
二〇一六年七月六日

意象

便秘的人，蹲馬桶
意向仍無下落
只好放個屁，就走

——錄陳允元名詩

莫內
最後，祂奪走了光
但我手中
還有筆
——錄阿布名詩

問候

簡簡單單，街道向
晨曦鞠躬，路燈放鬆了
肩膀，島南的透天厝
一間一間地喘氣
——錄謝予騰名詩

即使一切都燒盡
一起殺死會自爆的苦力
怕一起保護我們建立起的
這個荒蕪的世界嗎
——錄宋尚緯名詩

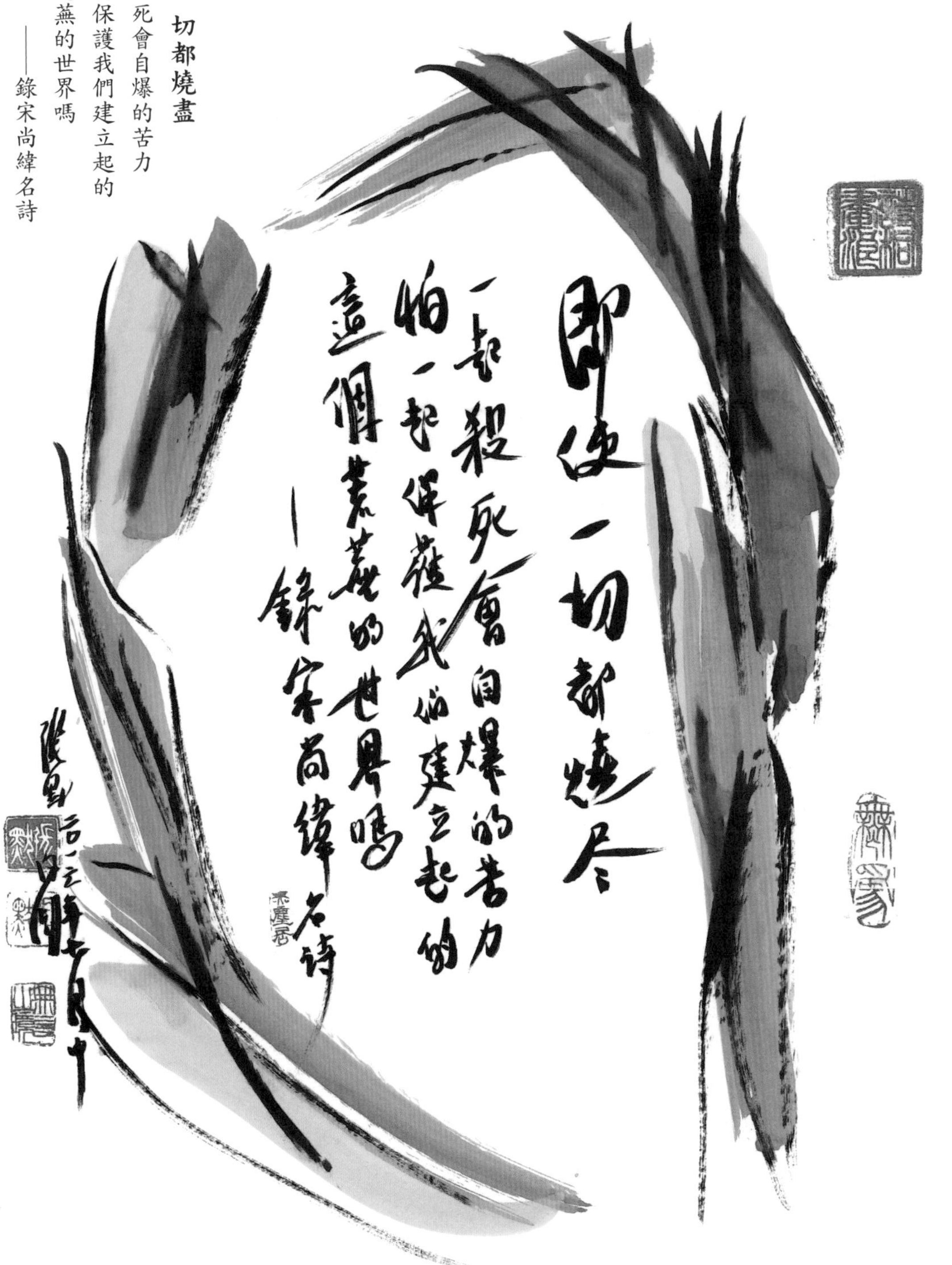

B編

水墨小品

今年掃墓時

想抱住父親痛哭一場

卻觸及到

硬且冷的碑石

——錄陳秀喜名詩

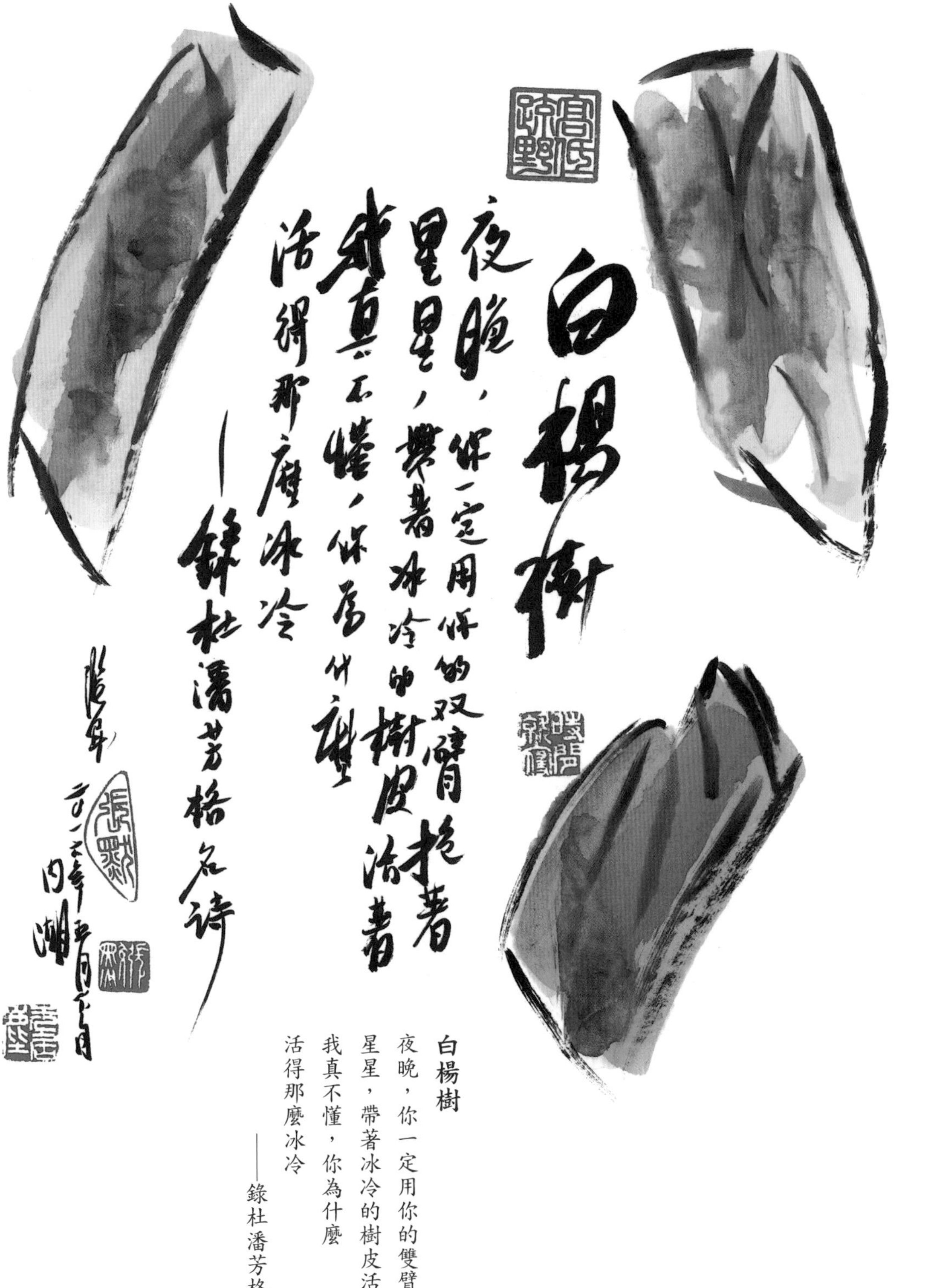

白楊樹

夜晚，你一定用你的雙臂抱著
星星，帶著冰冷的樹皮活著
我真不懂，你為什麼
活得那麼冰冷

——錄杜潘芳格名詩

傘

鳥翅初撲

幅幅相連，以蝙蝠弧形的雙翼

連成一個無懈可擊的圓

——錄蓉子名詩

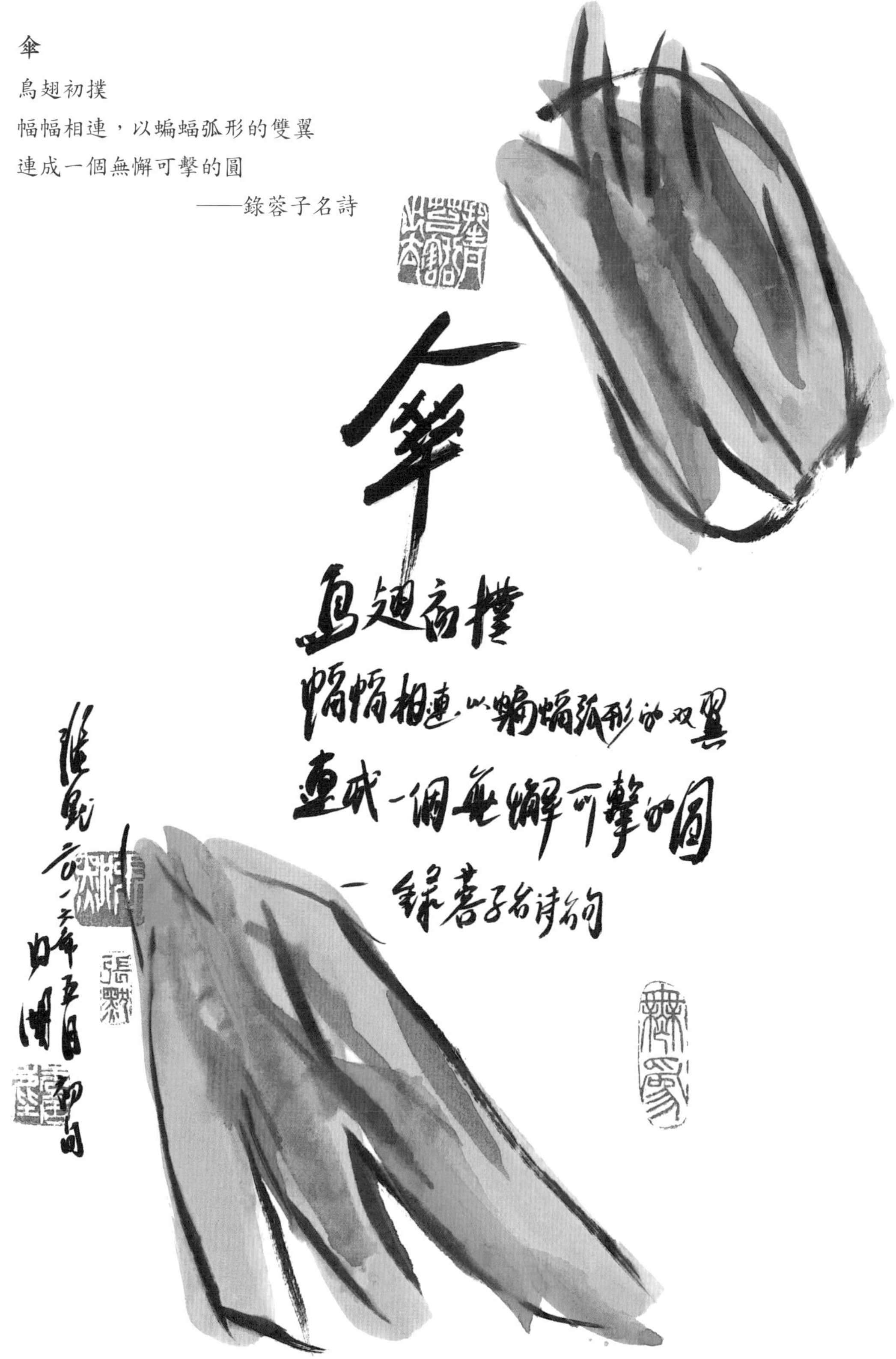

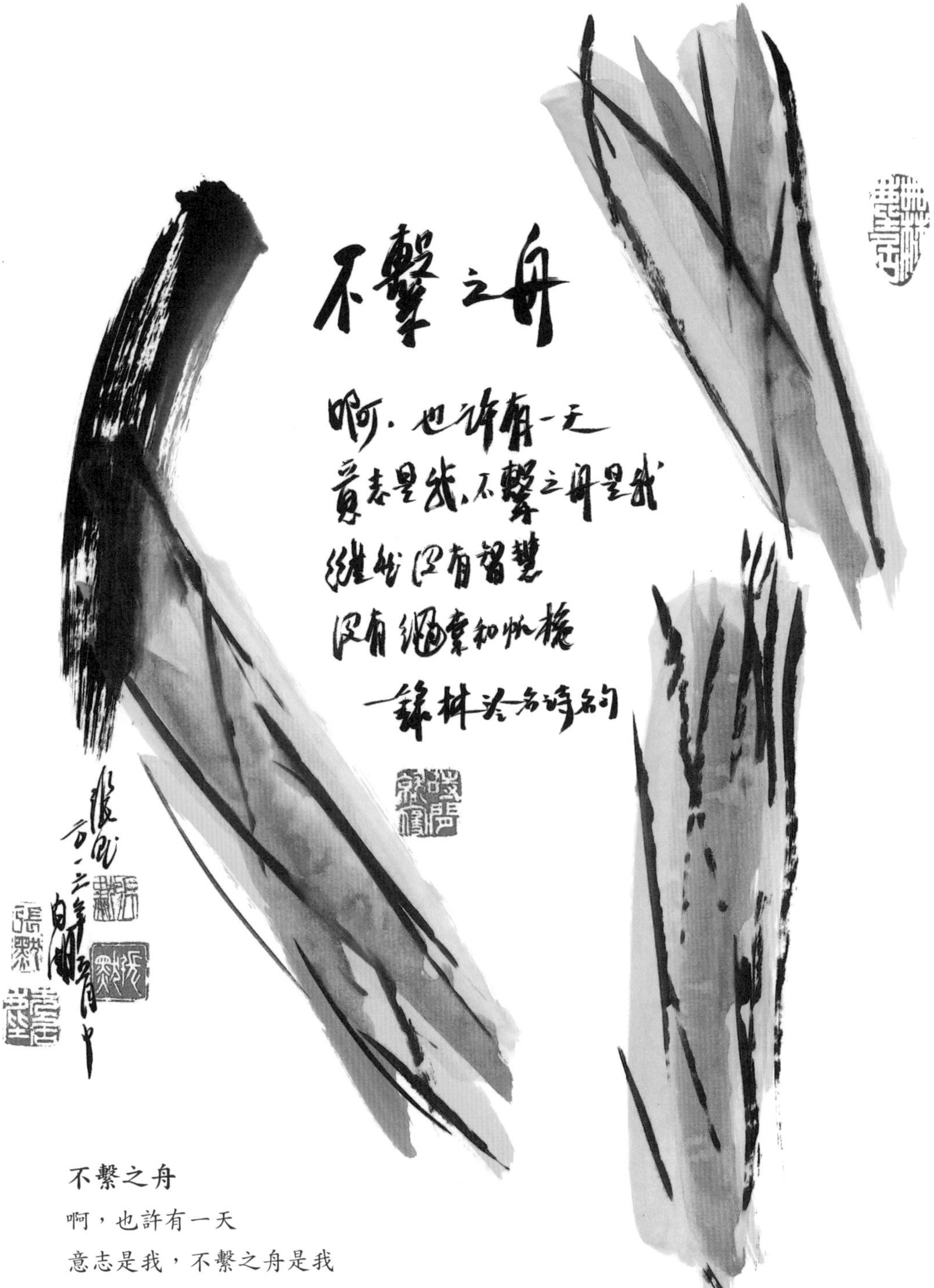

不繫之舟

啊，也許有一天
意志是我，不繫之舟是我
縱然沒有智慧
沒有繩索和帆桅

——錄林泠名詩

暗房

不要讓光漏進來
不要讓光擾亂暗房秩序
這裡要洗出不管你接不接受的鏡頭
這裡要說山路彎曲或筆直的甜言蜜語

——錄朵思名詩

鏡子

那夜忽然化作池塘
盛滿她眼睛內之
盈盈的星光

——錄羅英名詩

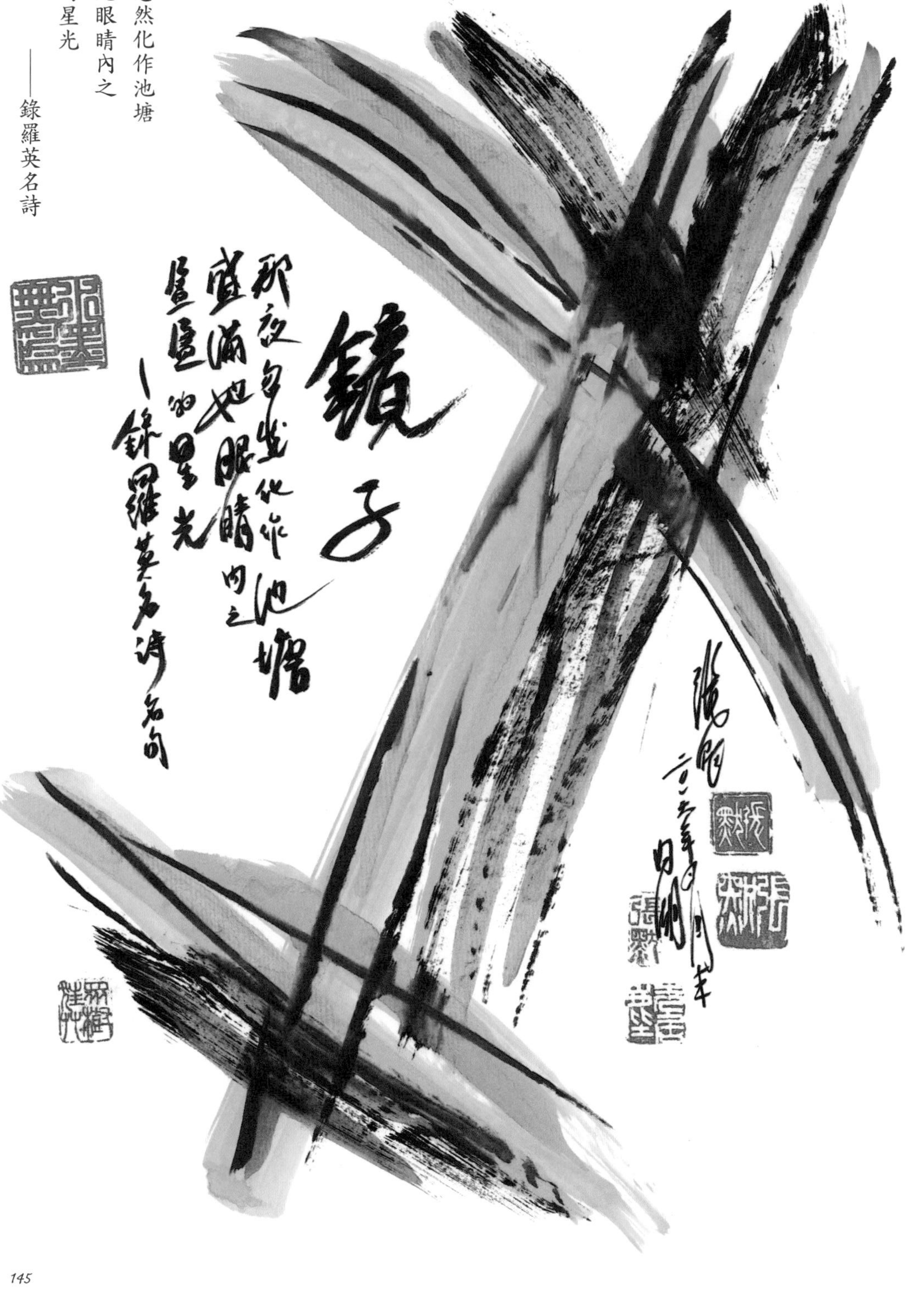

時間廣場

燈下，我的頸，四肢
伸長，我輕輕離去
攀上嚴寒的冬日
——錄王渝名詩

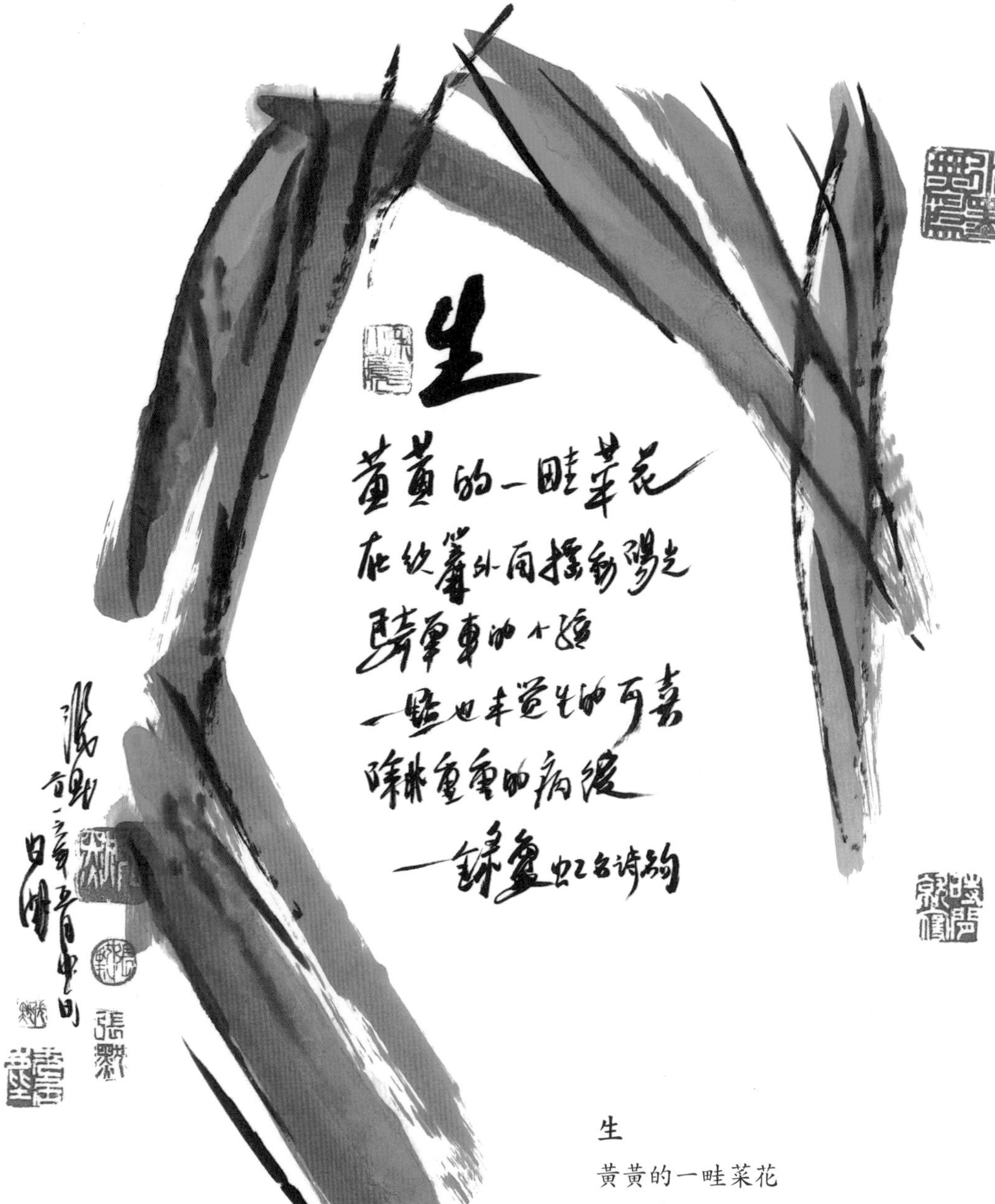

生

黃黃的一畦菜花
在紗簾外面搖動陽光
騎單車的小孩
一點也未覺生的可喜
除非重重的病後

——錄夐虹名詩

月之聲

你若是一盞明燈

請以雲母石隔我，我將心情

如鏡，我願絕緣

——錄古月名詩

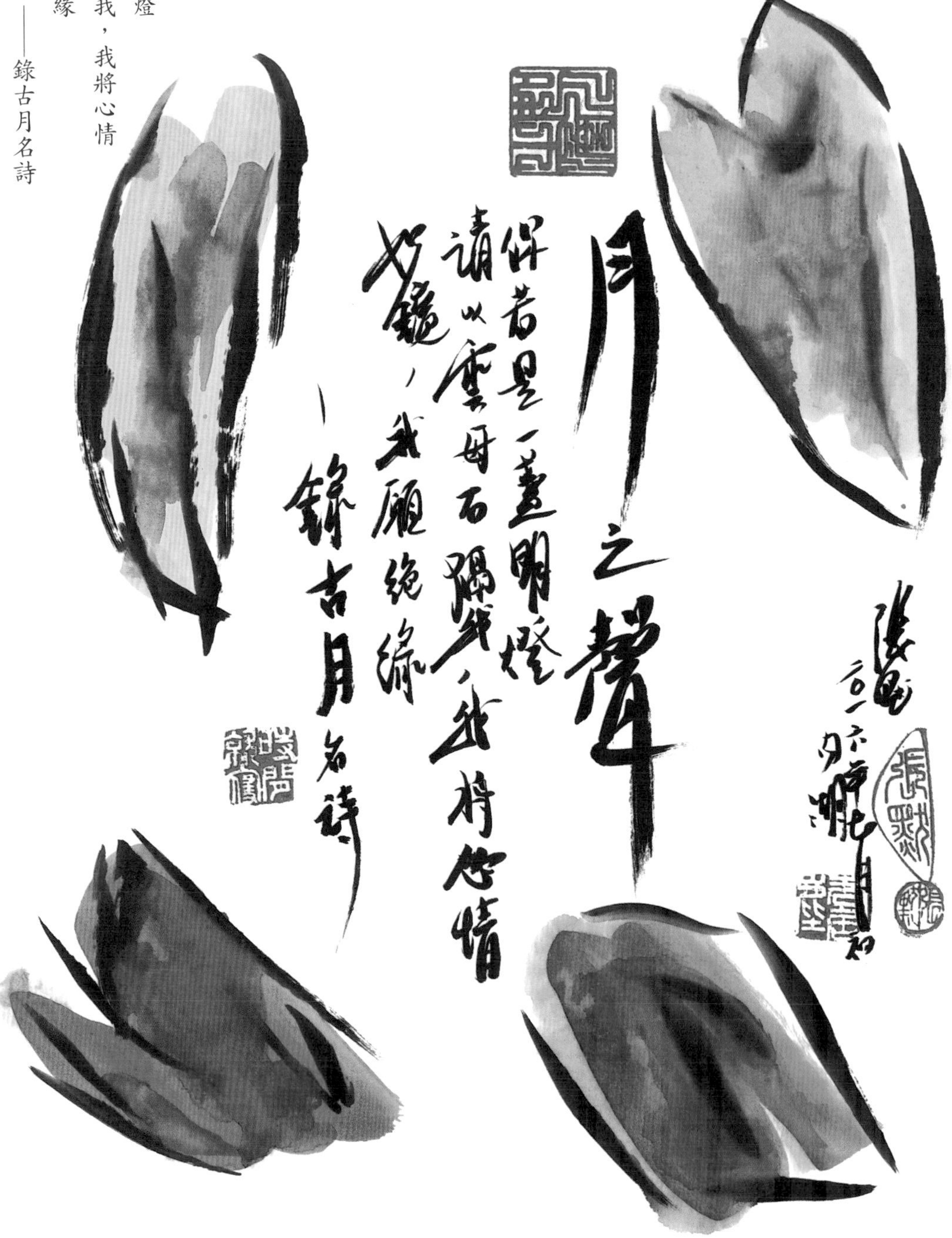

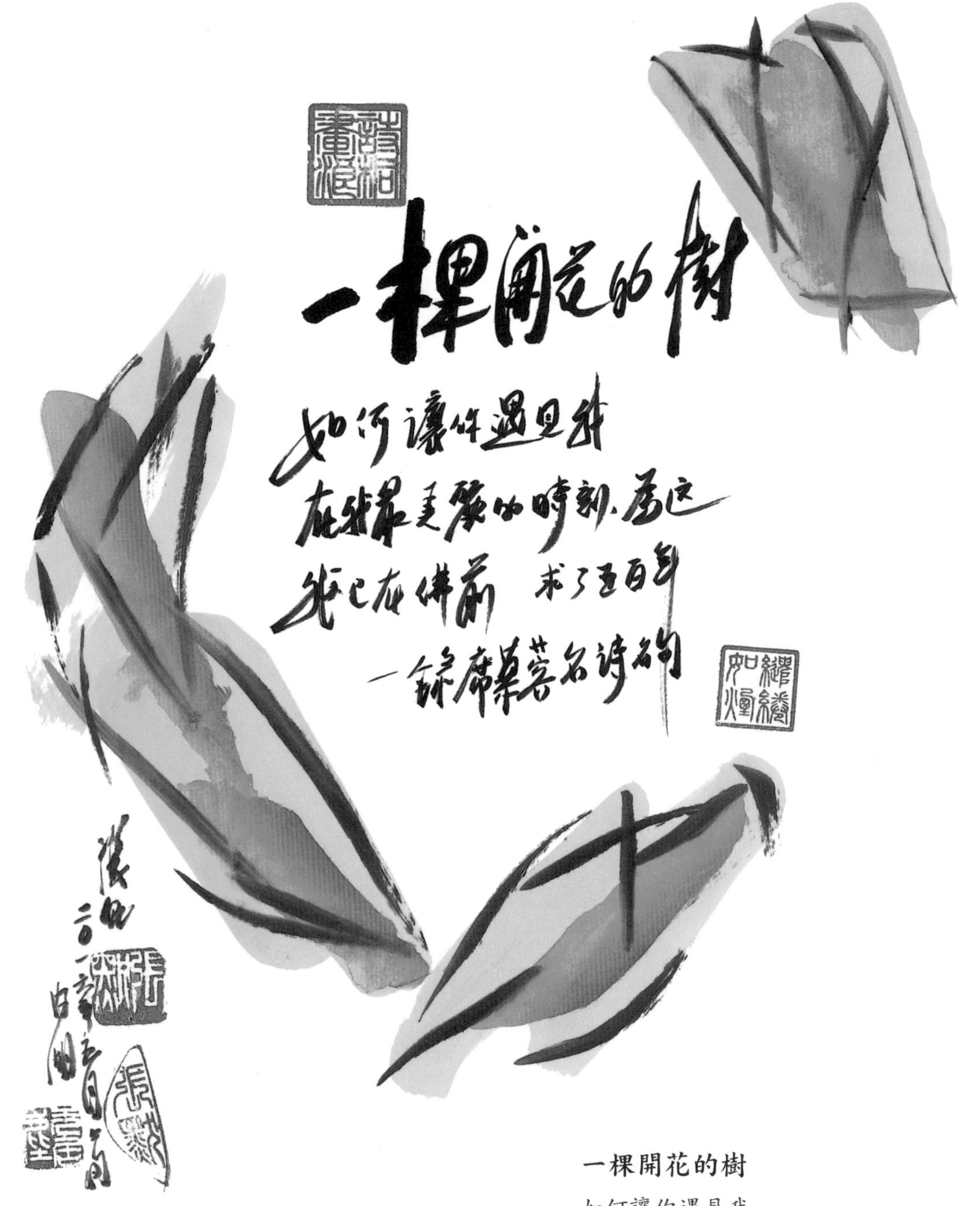

一棵開花的樹

如何讓你遇見我
在我最美麗的時刻，為這
我已在佛前　求了五百年
——錄席慕蓉名詩

念珠

伊的心事

是手上那串念珠

每攢一顆

憂思便減輕一分

——錄林芙蓉名詩

夜間飛行

思維如夜行蝴蝶
愛在夜間飛行
追隨　線的另一頭的　你

——錄尹玲名詩

鐘聲

輕輕散了
煙一樣，並沒有消失
去找，留不住的靈魂
——錄陳育虹名詩

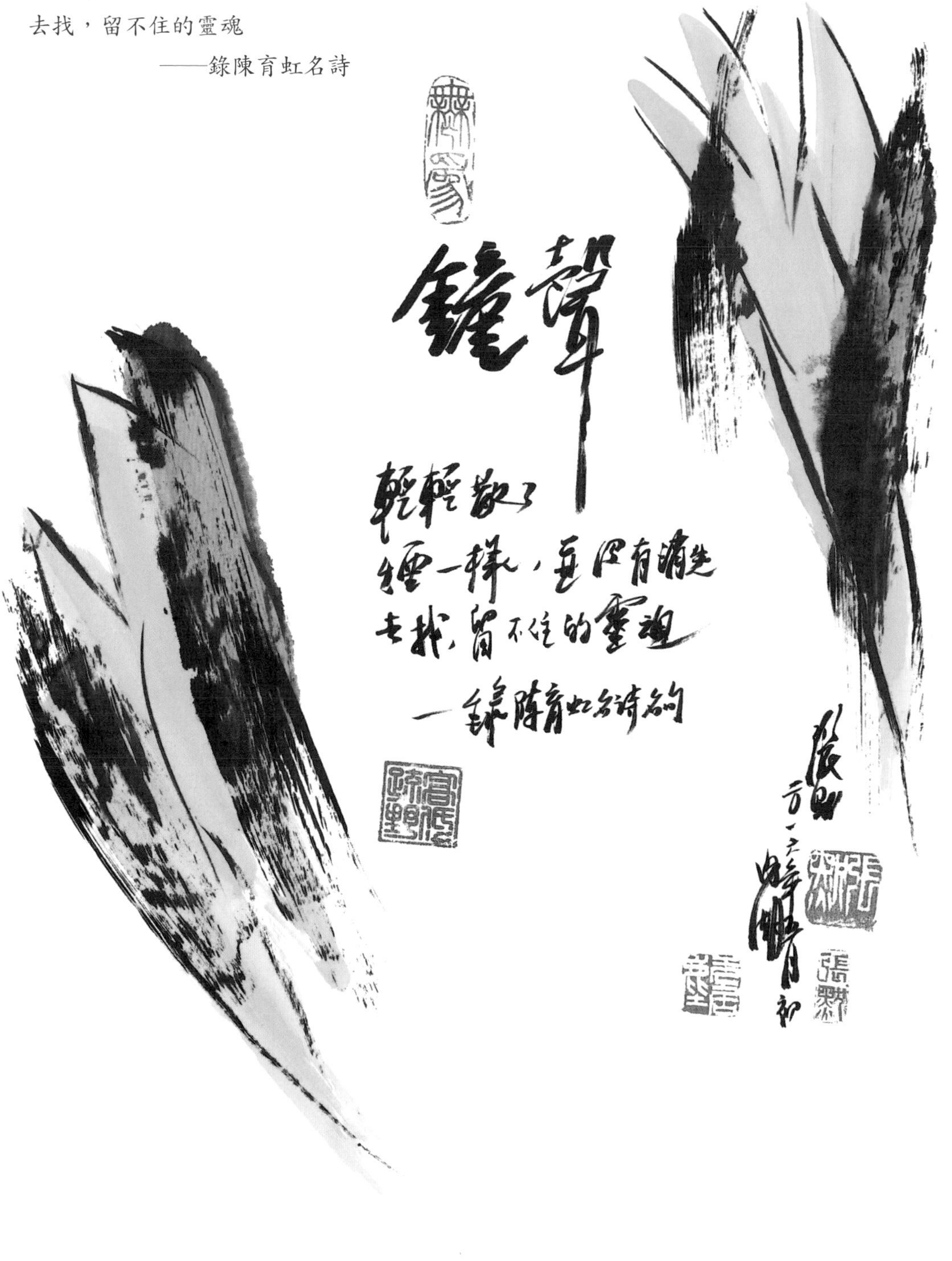

水稻不稔症

莫歎我肚子裡沒有你的愛
因為你陰晴善變的脾氣
傷害了我心中的胎兒

——錄利玉芳名詩

魚尾紋

循著昔日的韻律
柔軟的泳姿
不能改變……
——錄龔華小詩

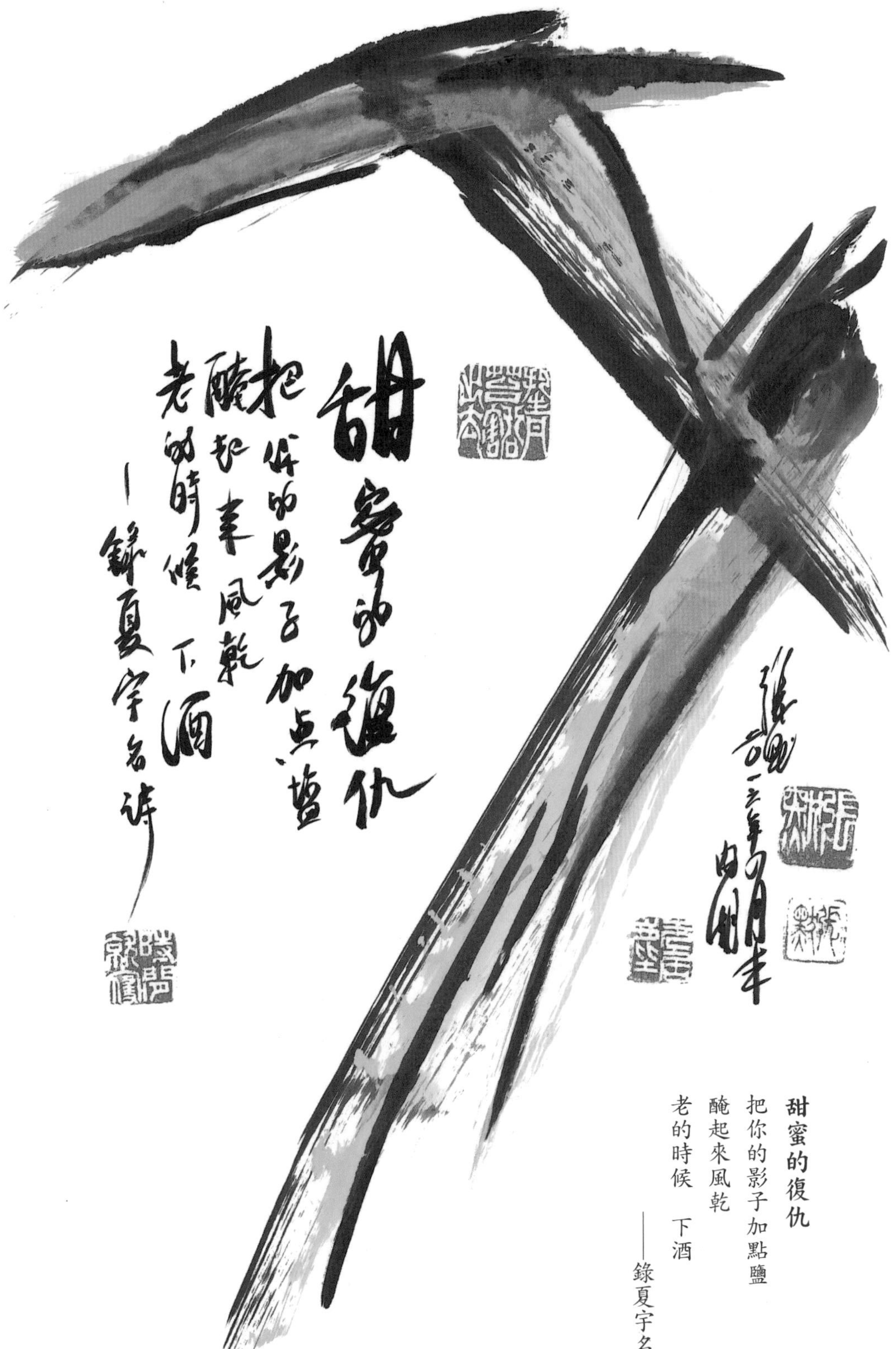

甜蜜的復仇

把你的影子加點鹽

醃起來風乾

老的時候　下酒

——錄夏宇名詩

嗩吶

嗩吶，在時間的
細線裡，穿梭
尖塔的門被吹開
　　　　　——錄零雨名詩

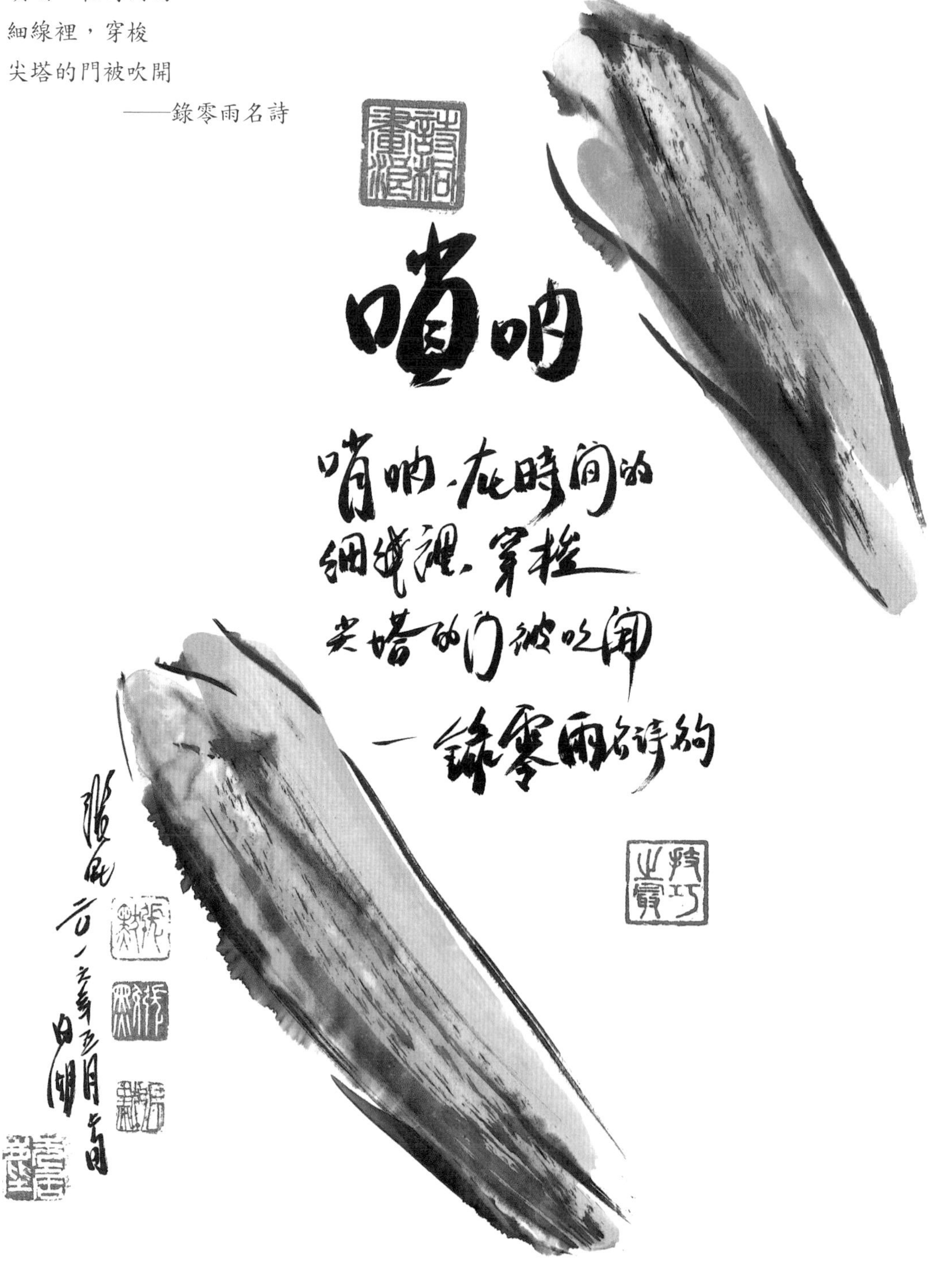

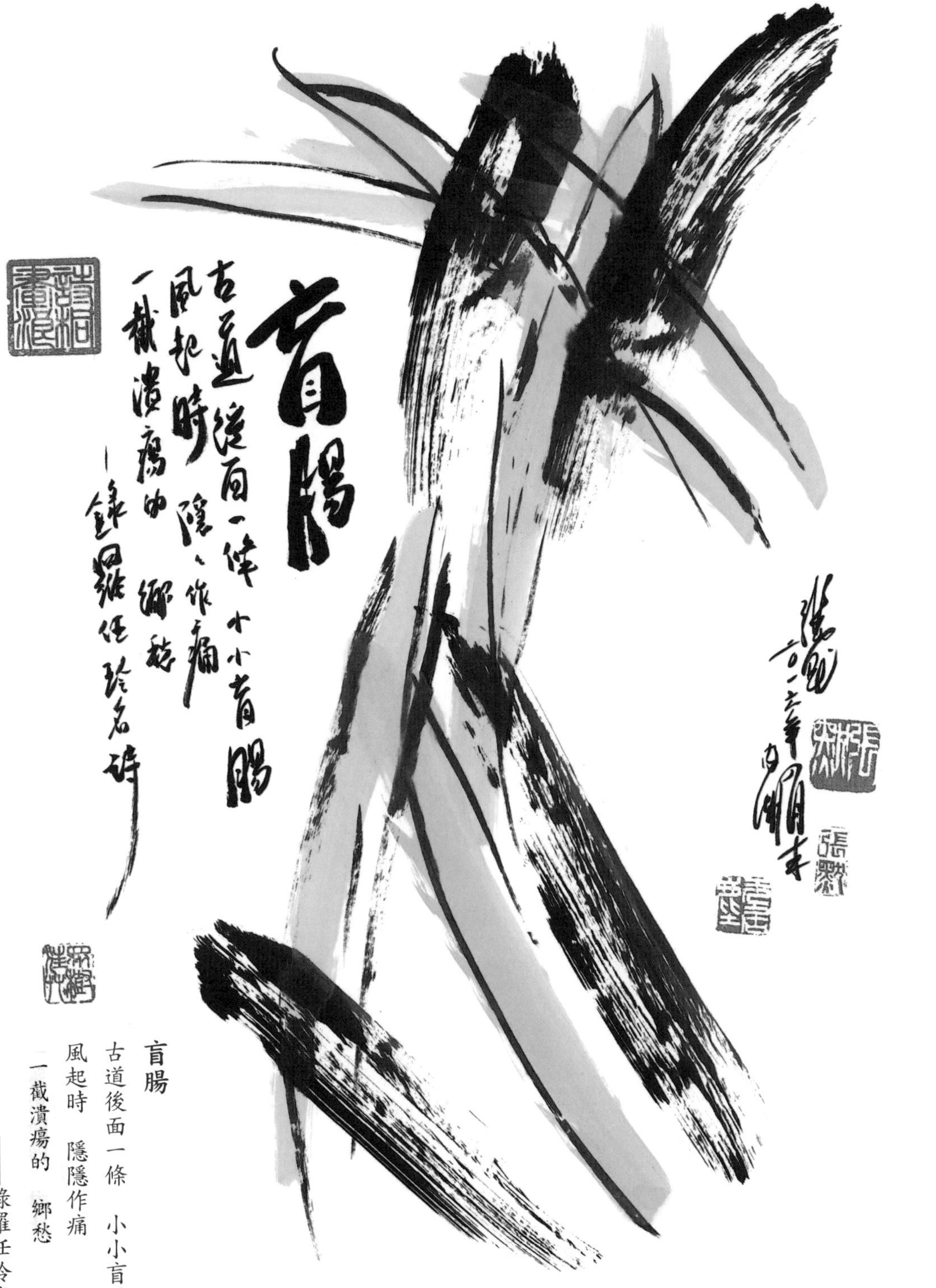

盲腸

古道後面一條　小小盲腸

風起時　隱隱作痛

一截潰瘍的　鄉愁

——錄羅任玲名詩

苔

牆角的苔痕，淒淒
她必得，依著彎延的
滲水，婀娜

——錄徐瑞小詩

水薑花

兩岸的燈火也濕了
我眉睫的露水盈盈
開了又開的素花
靜靜的在秋色中疲倦
——錄馮青名詩

聲聲慢

青山從不諂媚旅者
陽光自願引路
大夥滿載而歸，人手一籃
禪

——錄劉小梅名詩

立可白修正液

我打開立可白

她橫躺——

堅挺的乳頭滲出

豐沛的乳汁

——錄江文瑜名詩

飛行

而極目遠方滄桑後的平原
一座消失了的山
說：這是我廣袤的一生……
——錄曾淑美名詩

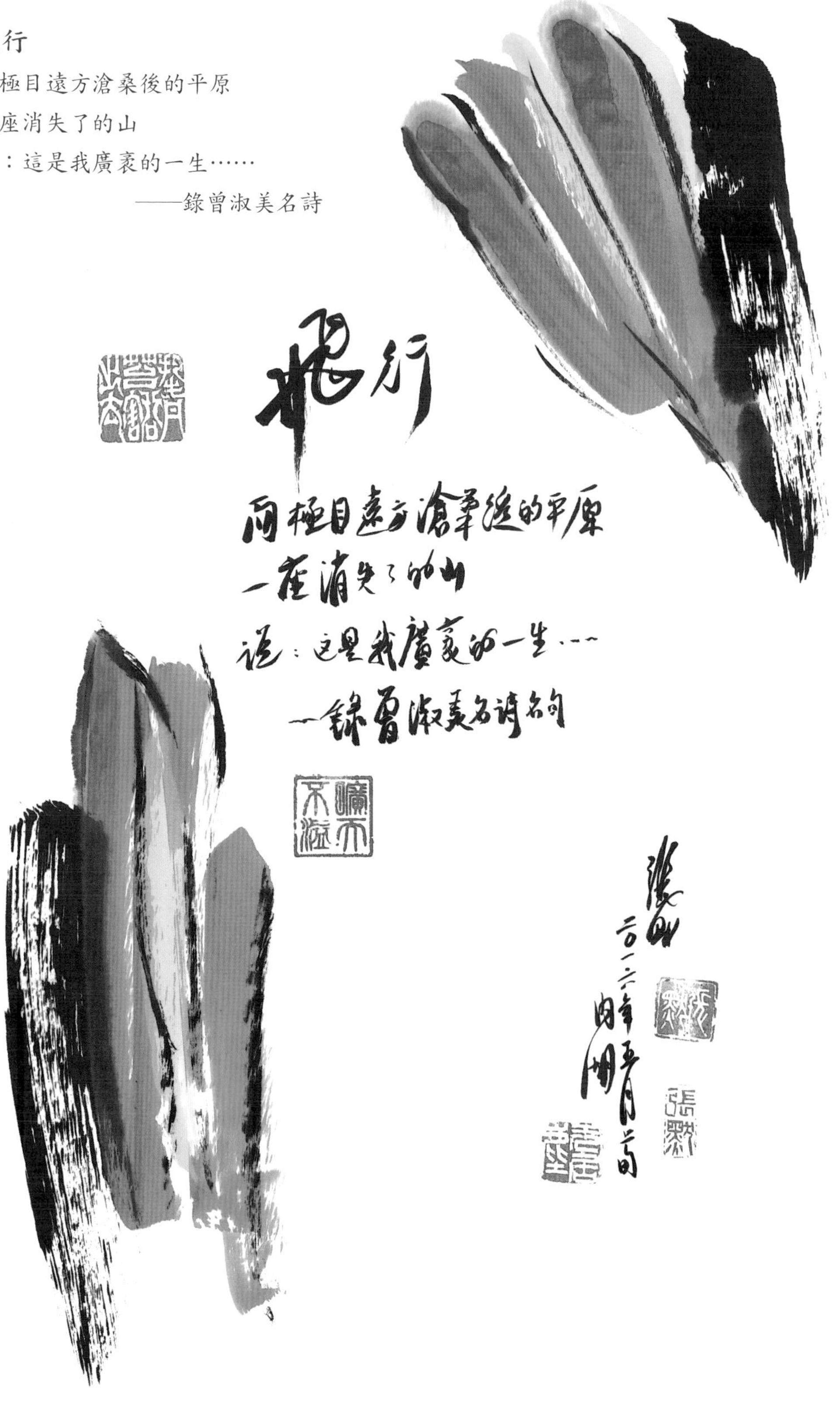
飛行
而極目遠方滄桑後的平原
一座消失了的山
說：這是我廣袤的一生……
—錄曾淑美名詩名句
張默

霍去病
城樓上我從望遠鏡
才能閱讀到
你墓碑的名字
——錄陳素英小詩

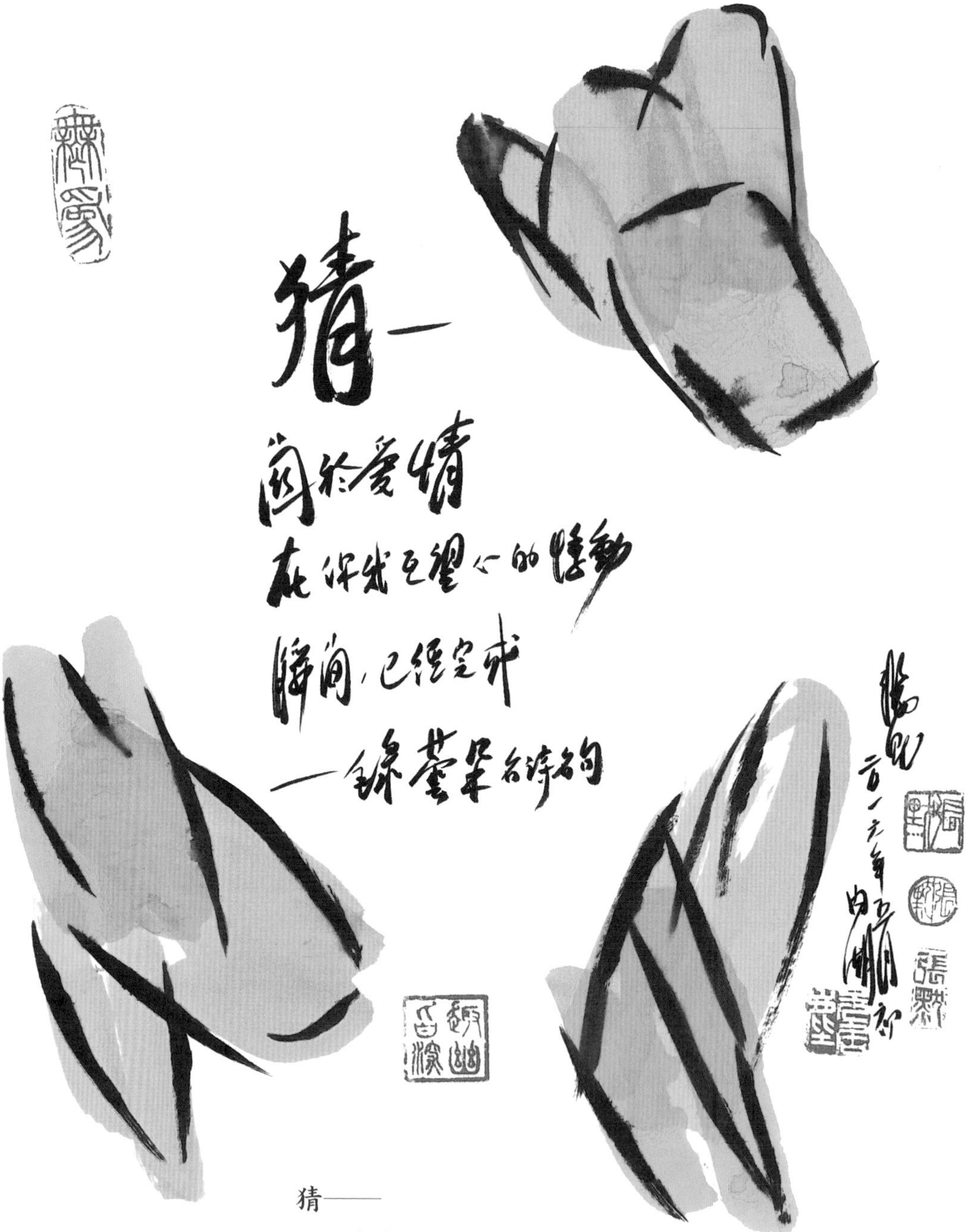

猜——

關於愛情
在你我互望心的悸動
瞬間，已經完成
——錄芸朵名詩

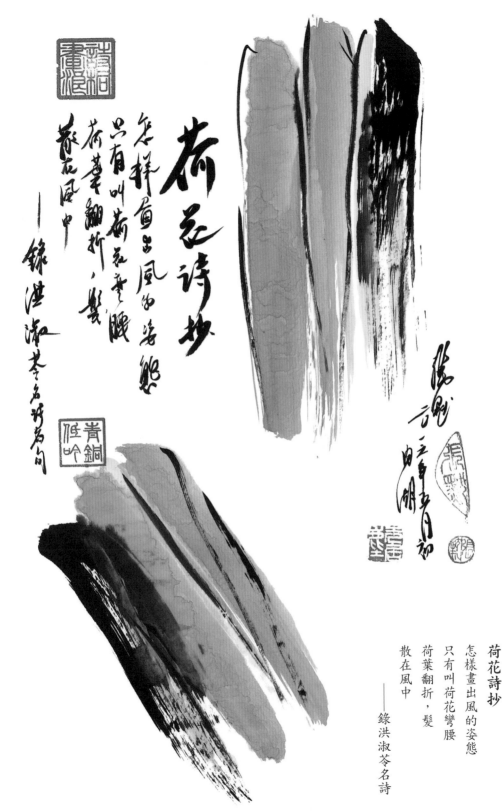

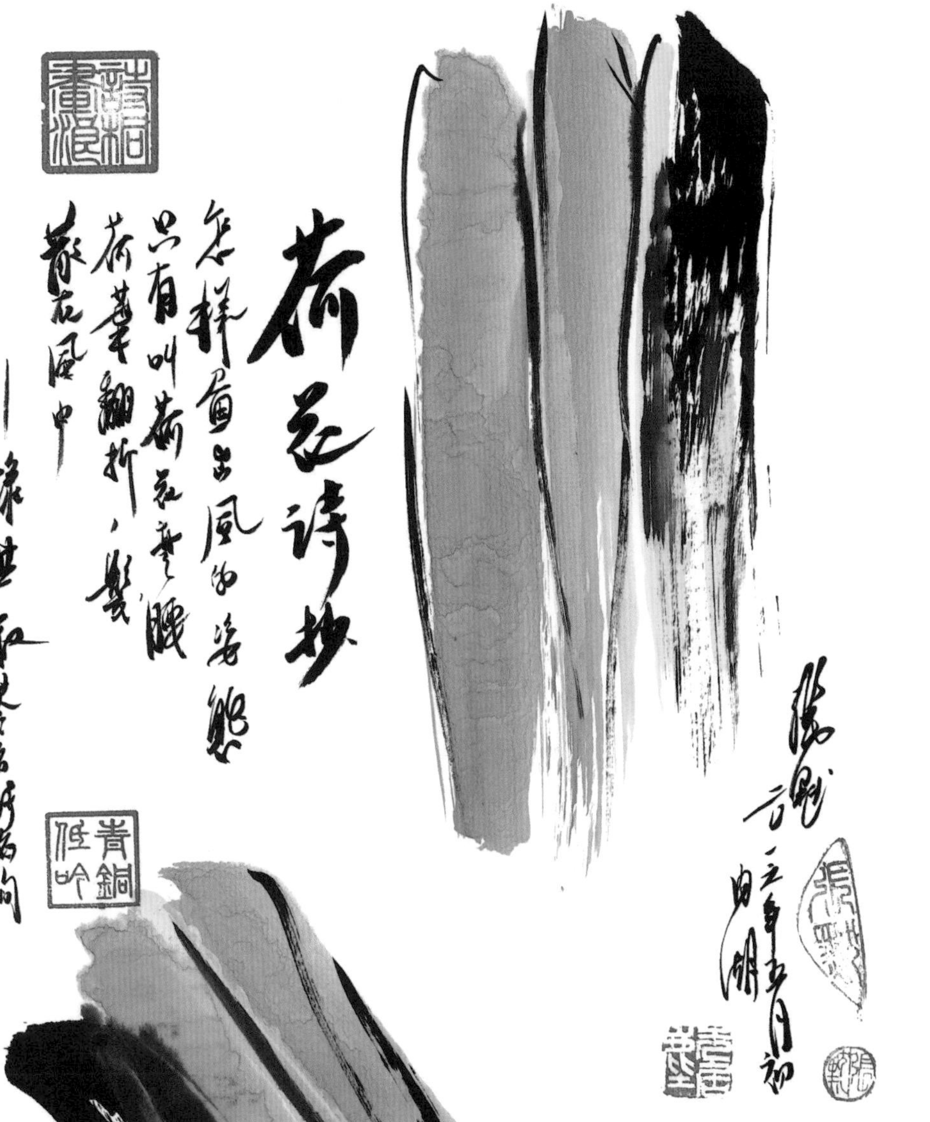

荷花詩抄

怎樣畫出風的姿態
只有叫荷花彎腰
荷葉翻折，髮
散在風中

——錄洪淑苓名詩

自作多情

你寫了一封信
文情並茂，令春天流淚
但寄错了收件人

——錄薛莉名詩

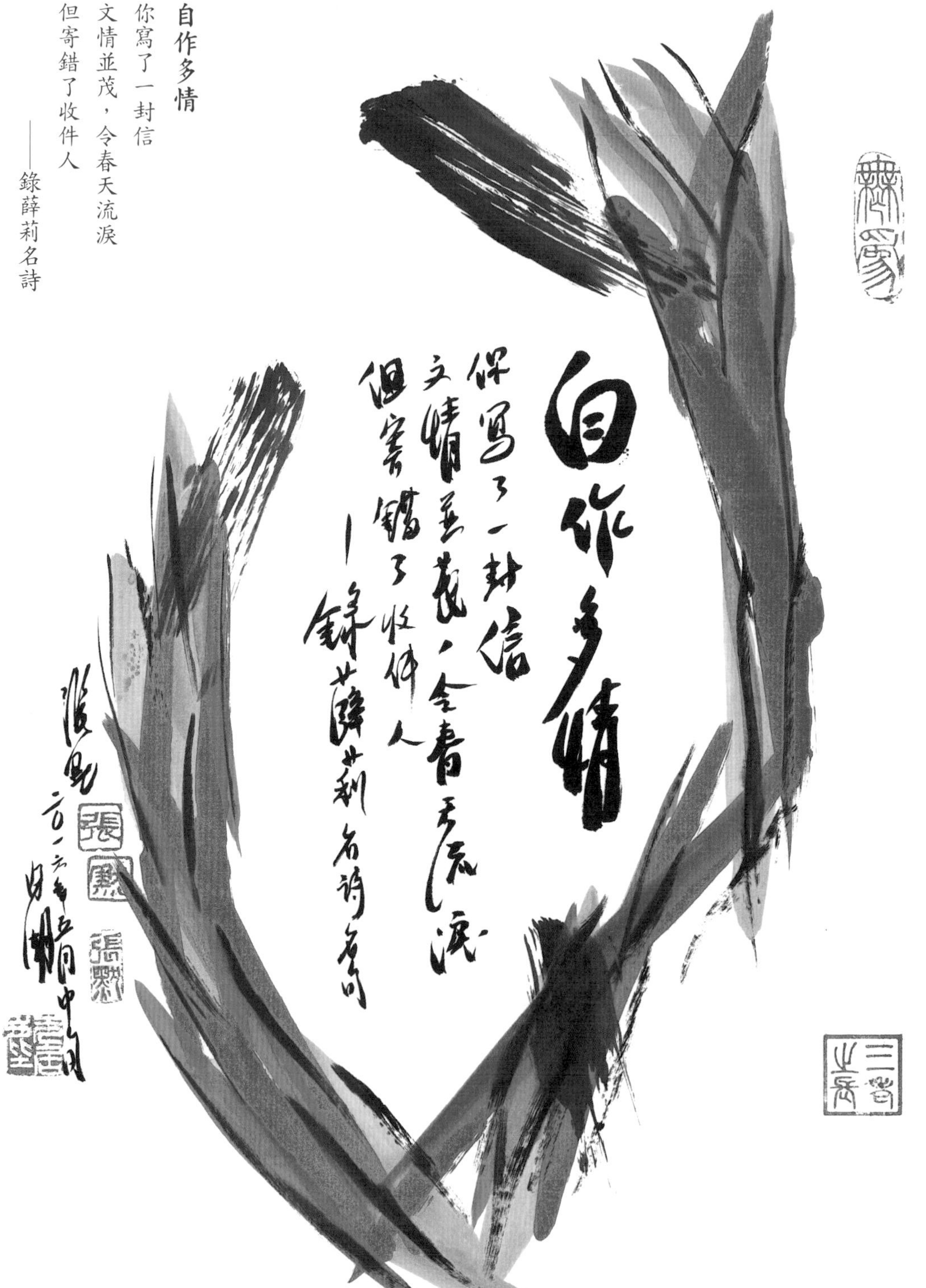

舊指環

穿越舊指環，傳閱
那些年
只剩一枚空洞的硬殼
——錄馮瑀珊名詩

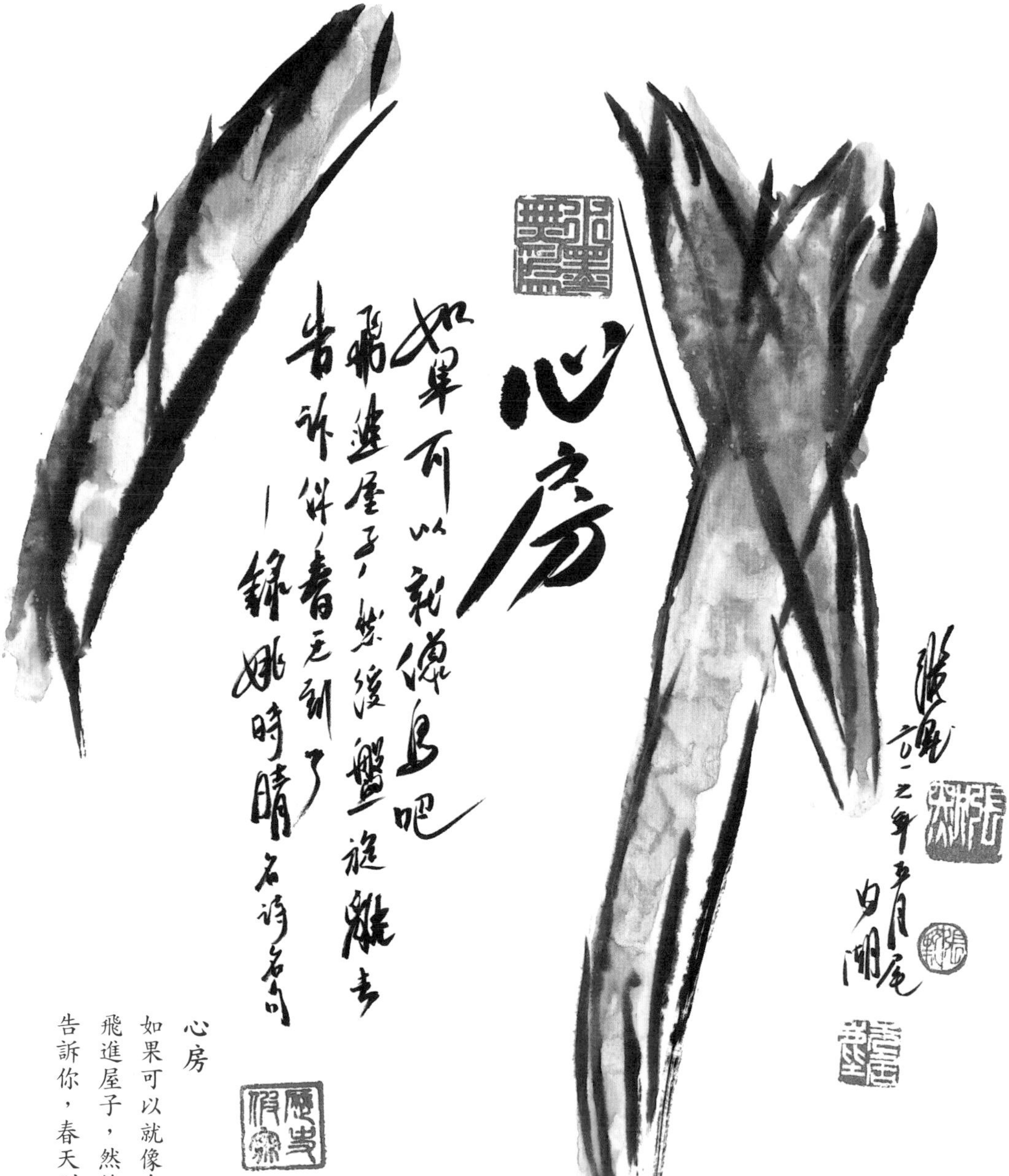

心房

如果可以就像鳥吧

飛進屋子，然後盤旋離去

告訴你，春天到了

——錄姚時晴名詩

瓶中詩

渲染每一顆水分子
飽滿的玫瑰紅與原野綠
燦爛了整片水域

——錄琹川名詩

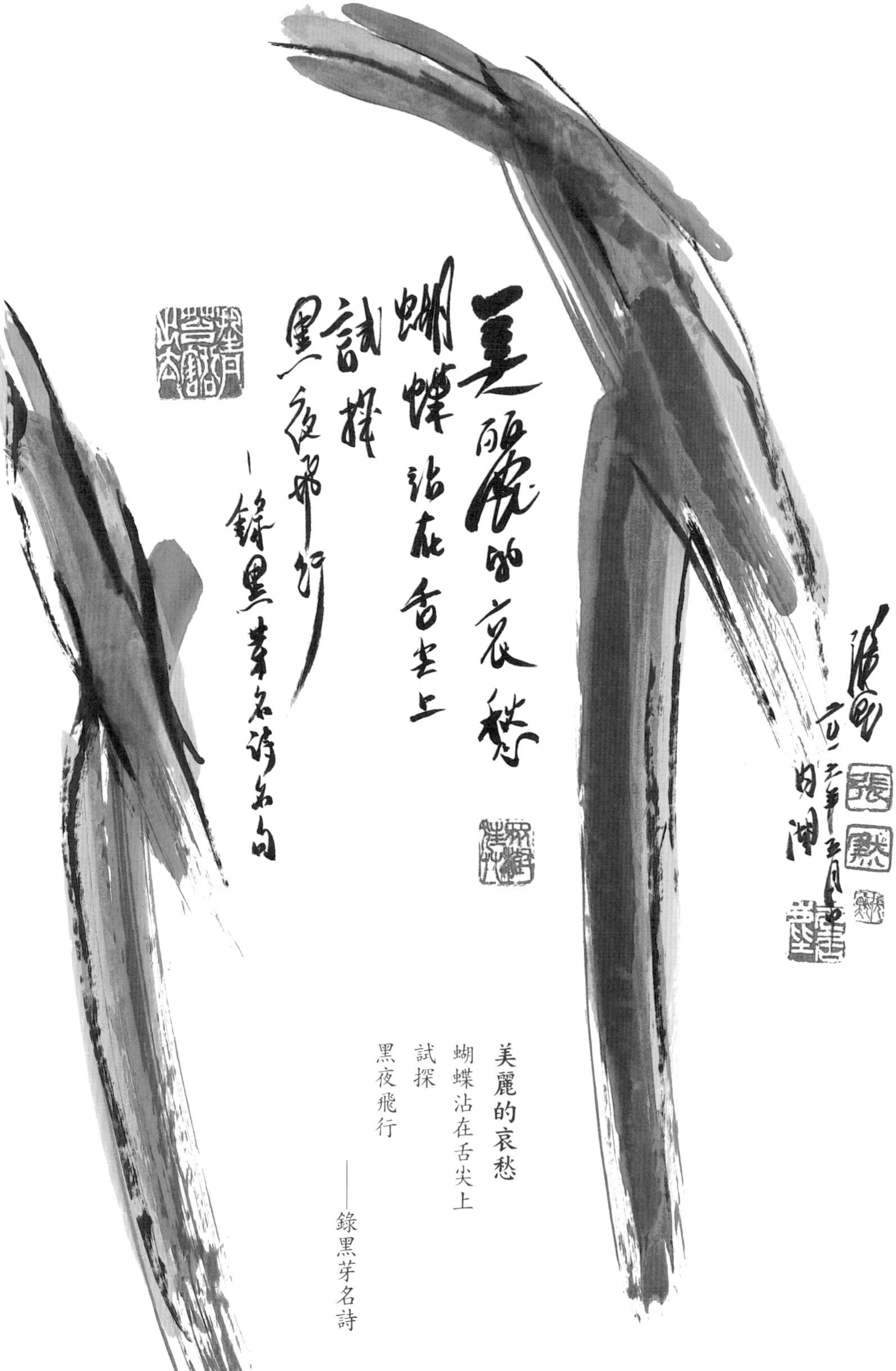

美麗的哀愁
蝴蝶沾在舌尖上
試探
黑夜飛行

——錄黑芽名詩

時空切片

汗水，淚水亦或
天降甘霖，時空
切片，真理隱藏在
霧中

——錄鍾雲如名詩

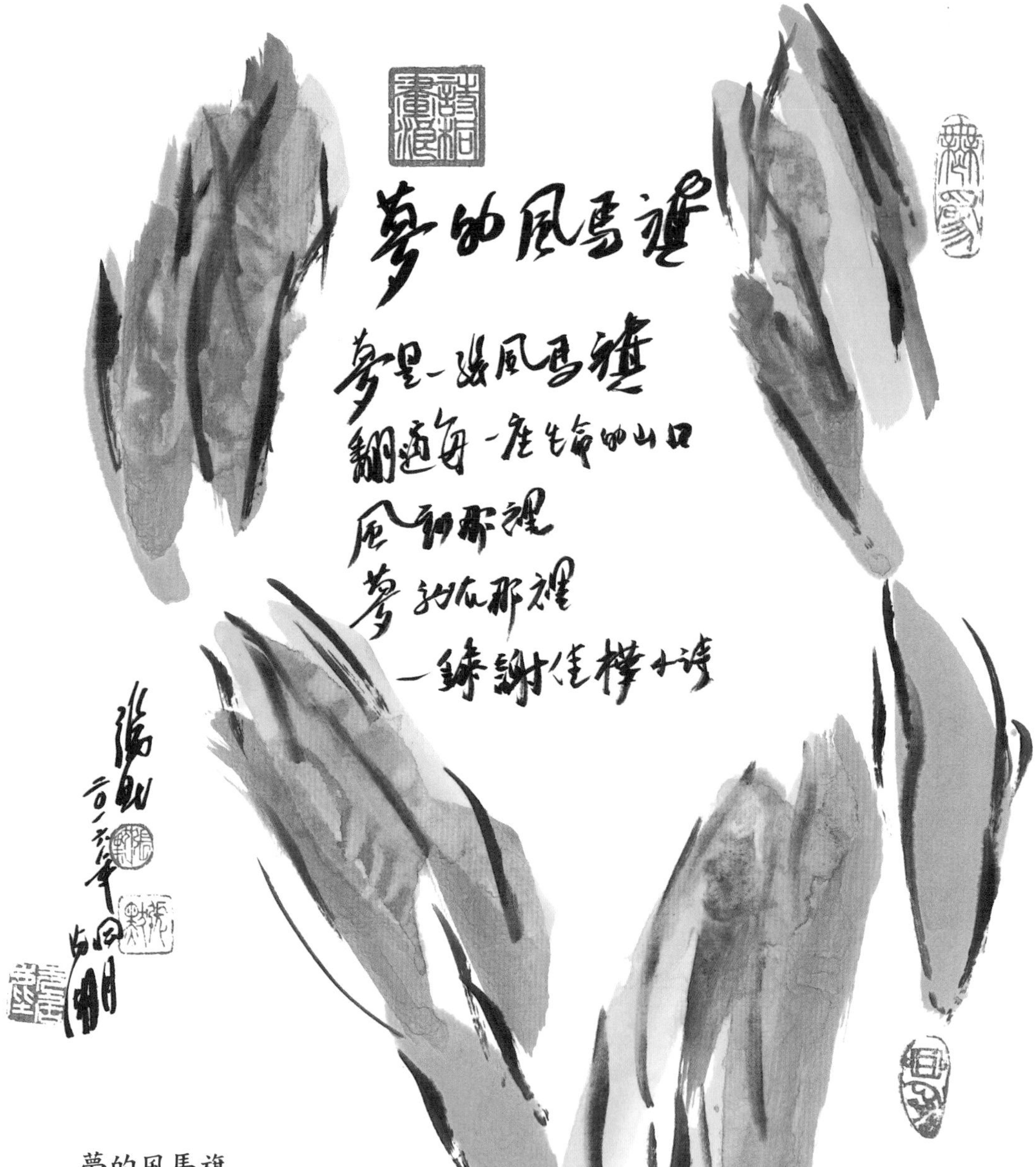

夢的風馬旗

夢是一張風馬旗

翻越每一座生命的山口

風到那裡

夢就在那裡

——錄謝佳樺小詩

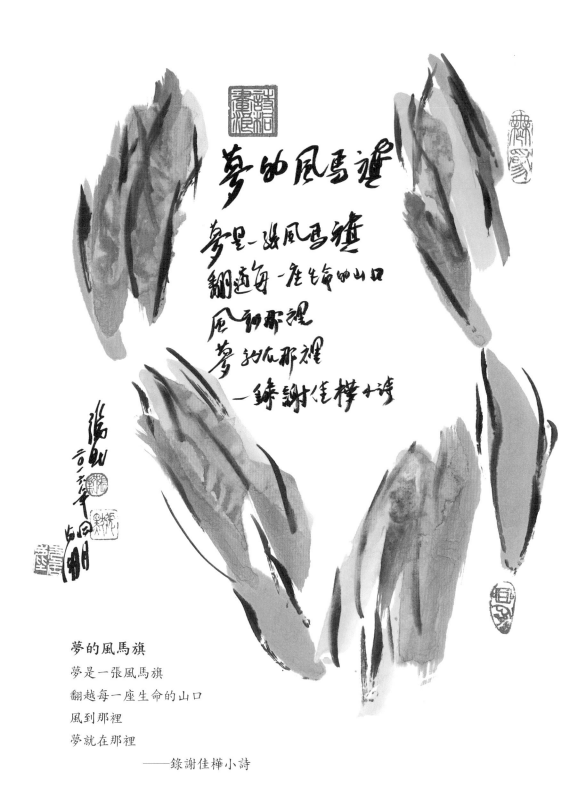

一道彩虹

我們小心捧心
走進太陽雨
你讓我躲入工地遮雨棚
陪側沿途的水滴答前行

——錄紫鵑名詩

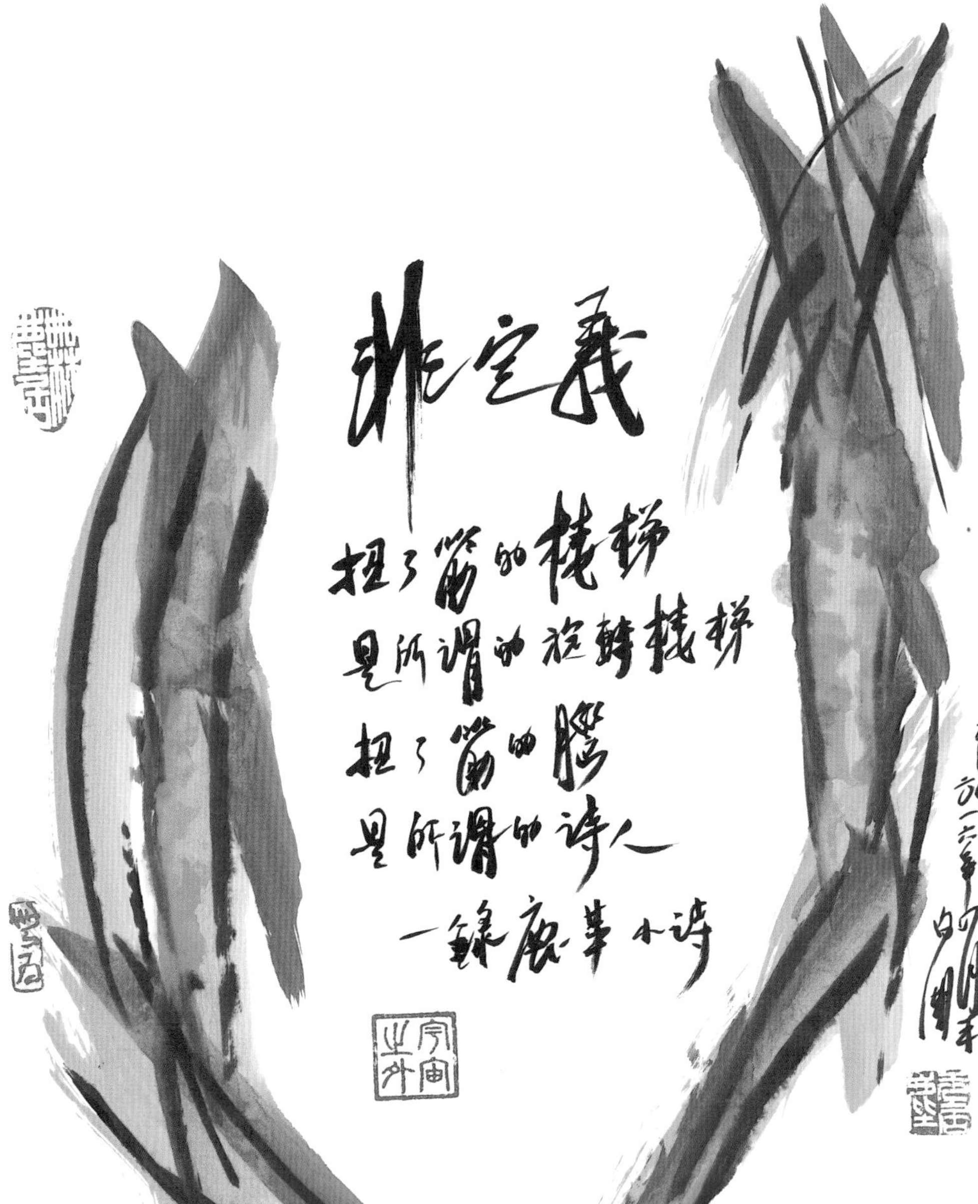

非定義

扭了筋的樓梯
是所謂的旋轉樓梯
扭了筋的腦
是所謂的詩人
——錄鹿苹小詩

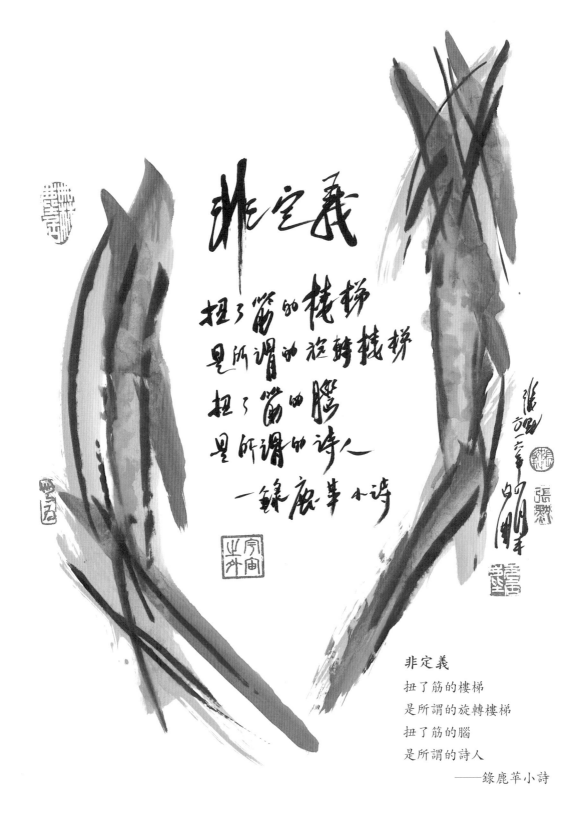

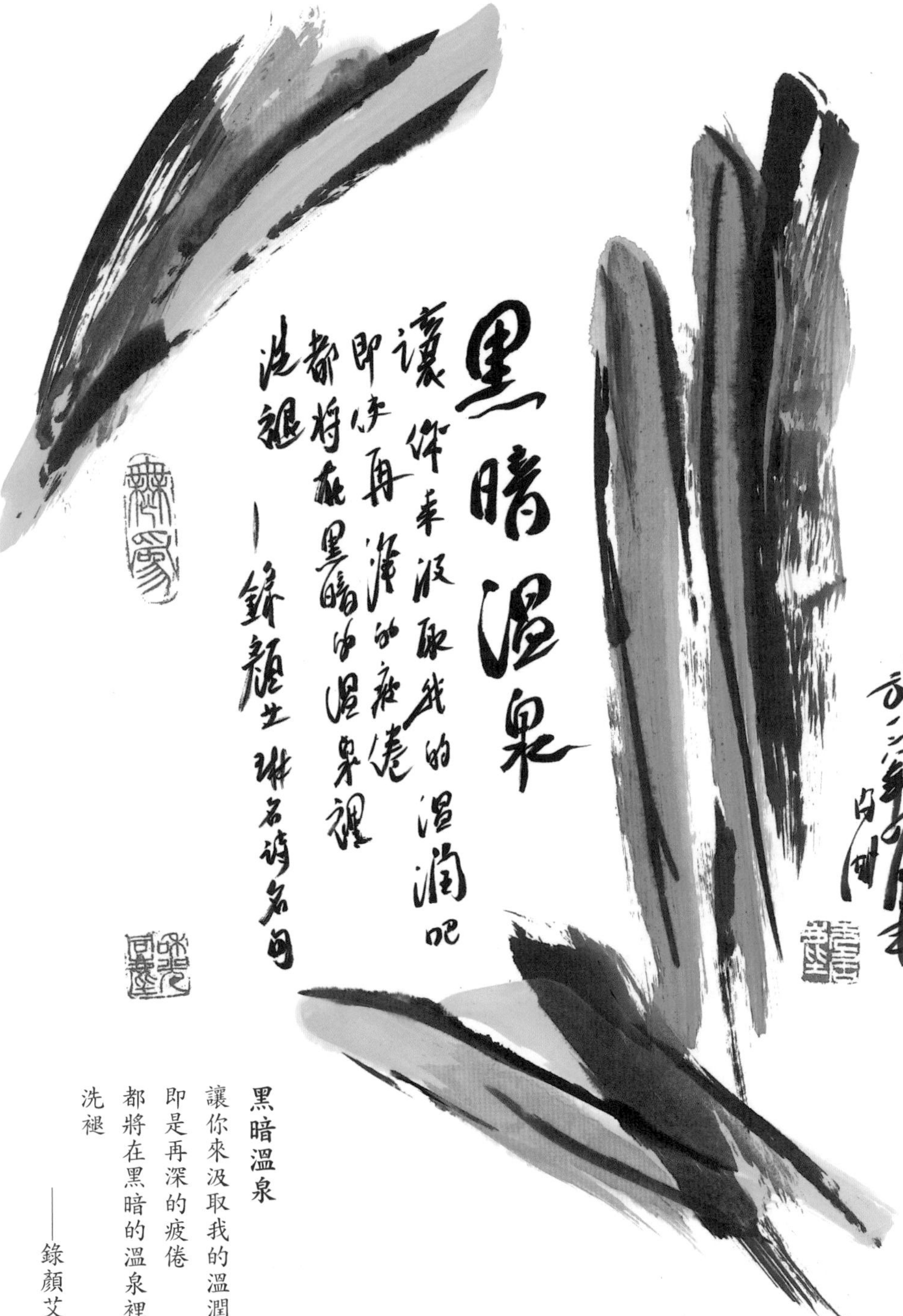

黑暗溫泉

讓你來汲取我的溫潤吧
即是再深的疲倦
都將在黑暗的溫泉裡
洗褪

——錄顏艾琳名詩

歌賦小浪漫
渺小的自己.浩大的宇宙
說話的時候
誰在聽著那句哈囉!
一錄崔香蘭名詩句

歌賦小浪漫

渺小的自己，浩大的宇宙

說話的時候

誰在聽著那句哈囉！

——錄崔香蘭名詩

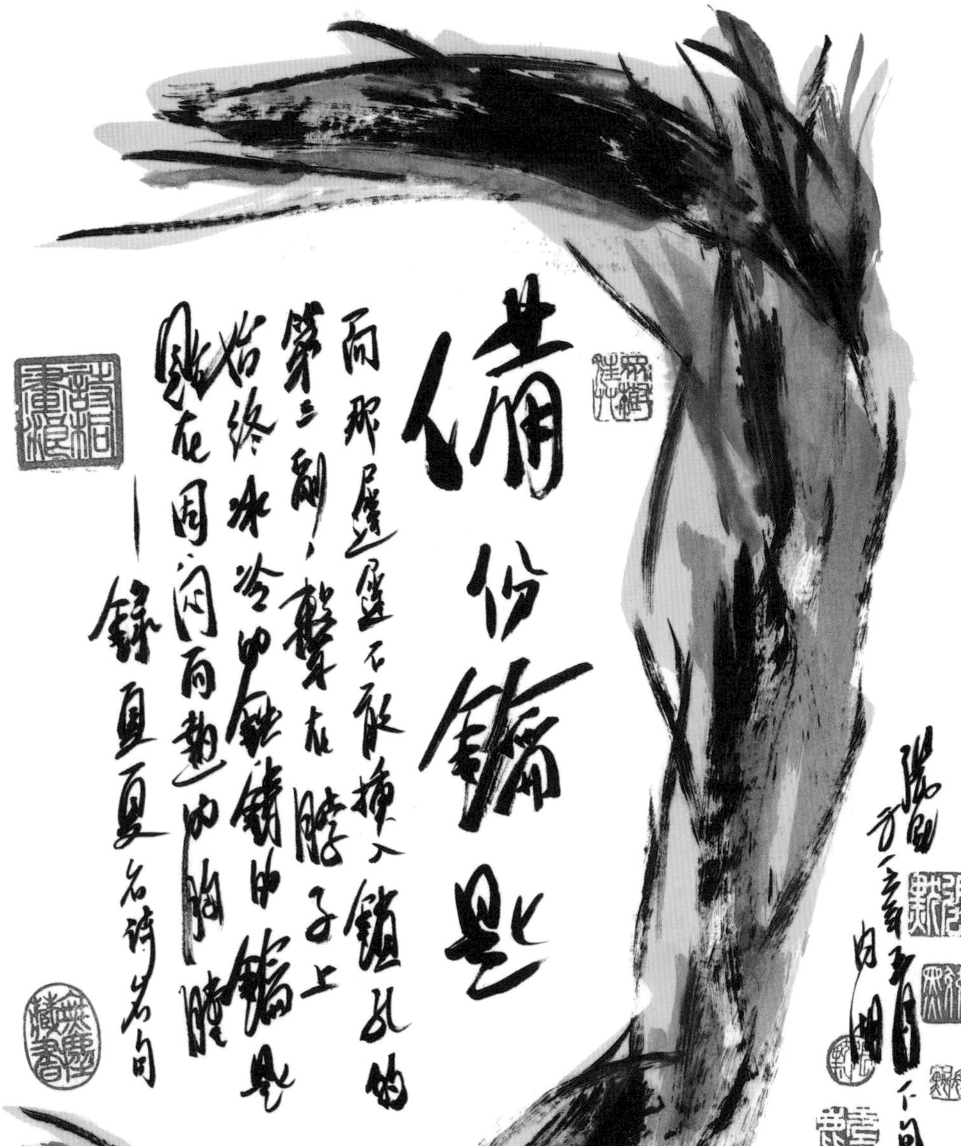

備份鑰匙

而那遲遲不敢插入鎖孔的
第三副，繫在脖子上
始終冰冷的鐵鑄的鑰匙
貼在因悶向熱的胸膛

——錄夏夏名詩

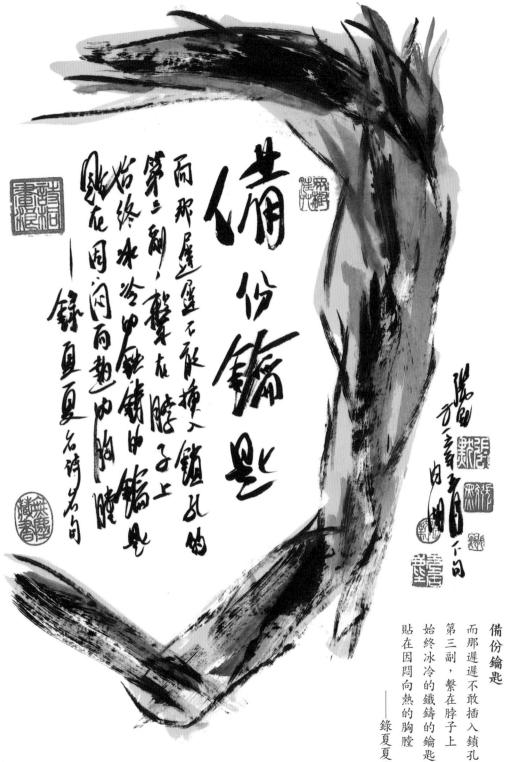

危崖有花

你說愛，像危崖一朵花
要去，要去，有點害怕
也要攀過去

——錄吳音寧名詩

反正

反正秋暮結局的落葉，飛不回
春朝枝端，而你路過這城的
一聲輕歎，也改寫不了
天際的一絲白雲

——錄蘇白雨名詩

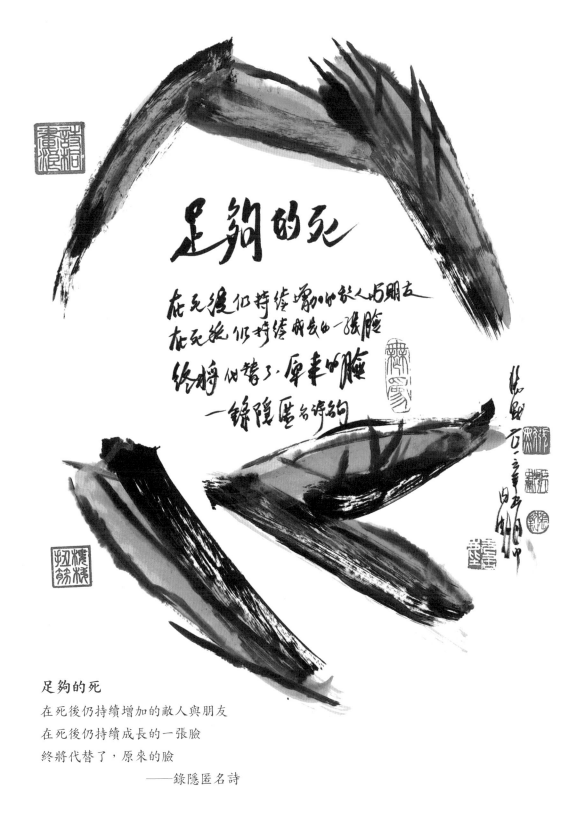

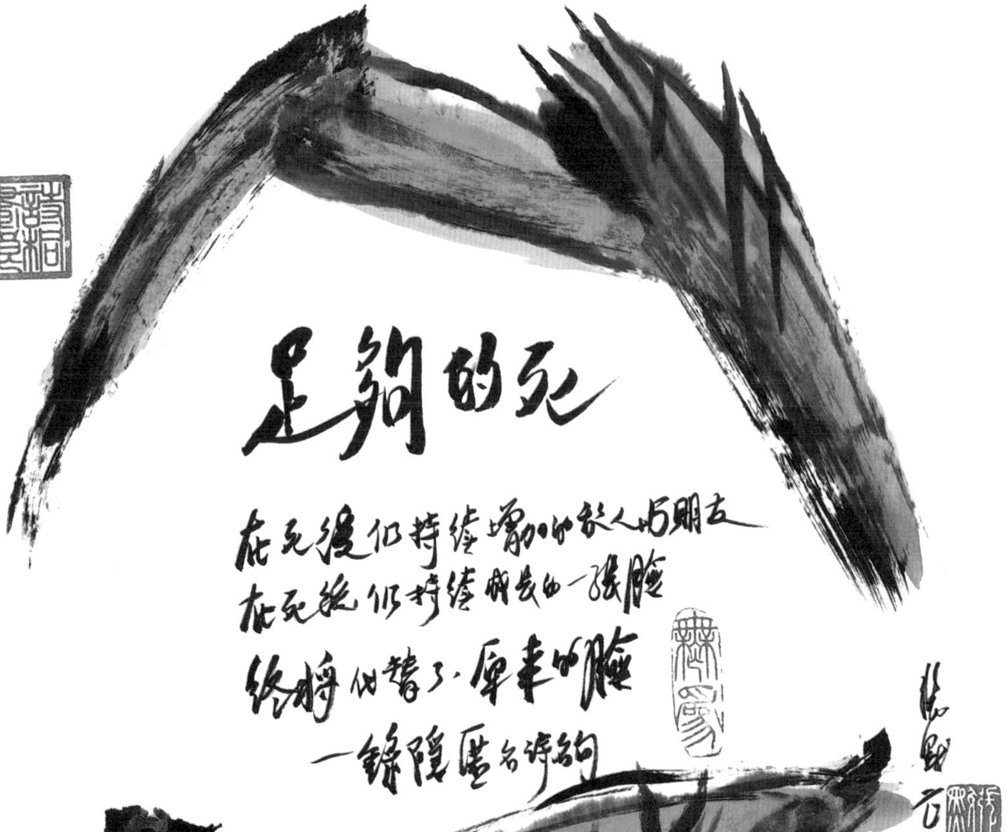

足夠的死

在死後仍持續增加的敵人與朋友
在死後仍持續成長的一張臉
終將代替了，原來的臉

——錄隱匿名詩

偽敘述

還有：生活
繼續生活彷彿我們
未曾遇見，這是我所能
為你作的　最後的努力

——錄曾琮琇名詩

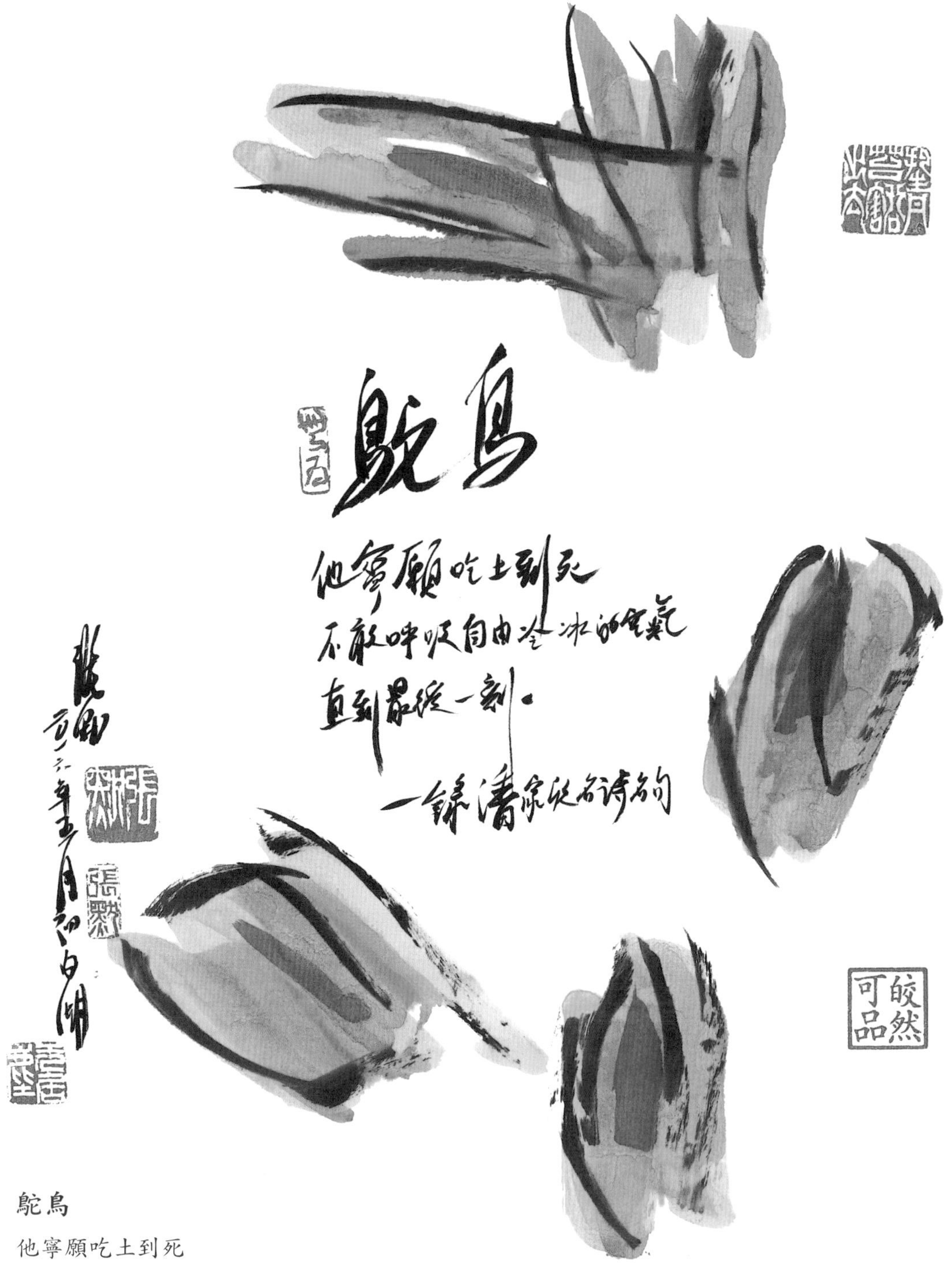

駝鳥

他寧願吃土到死

不敢呼吸自由冷冰的空氣

直到最後一刻

——錄潘家欣名詩

越車越遠
寂寞比水甜一點
魚比海還酥綿
從此，我就要去荒原荒原
她唱。

——錄葉覓覓名詩

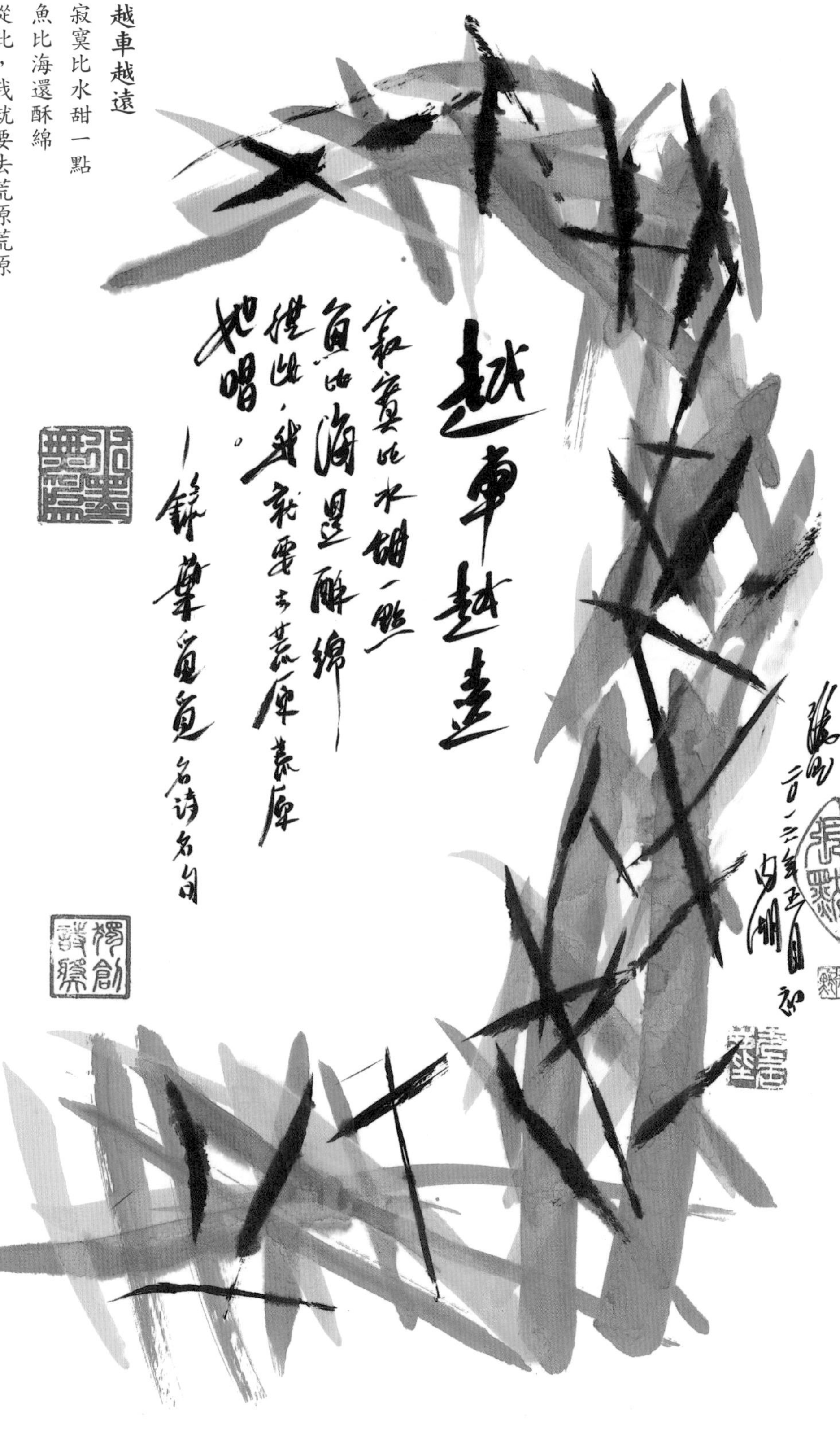

天空印刷廠

羽毛都是狄金生的詩
隨意一飛
就有千百隻鳥付梓
　　　　　　——錄坦雅名詩

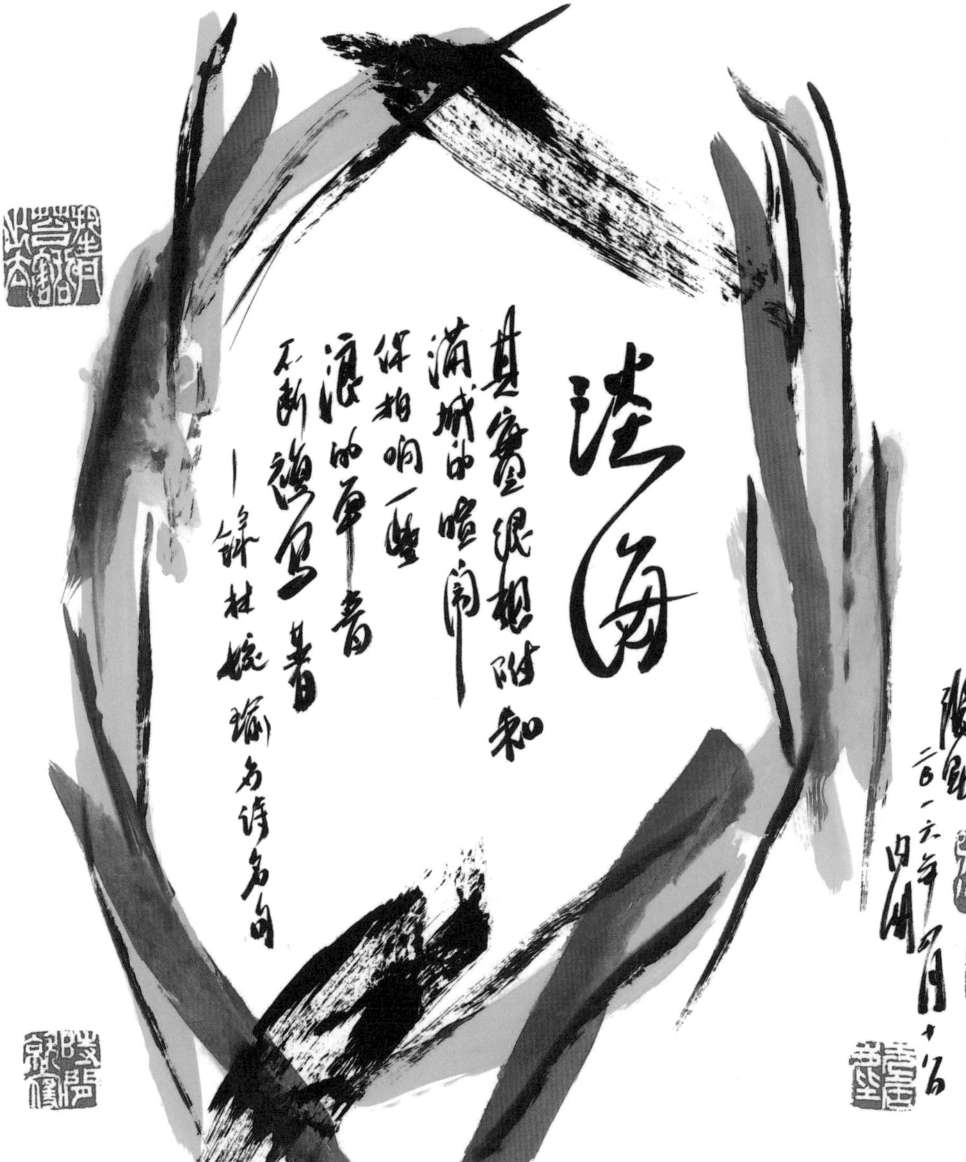

淡海

其實很想附和
滿城的喧鬧
你拍響一些
浪的單音
不斷複寫著

——錄林婉瑜名詩

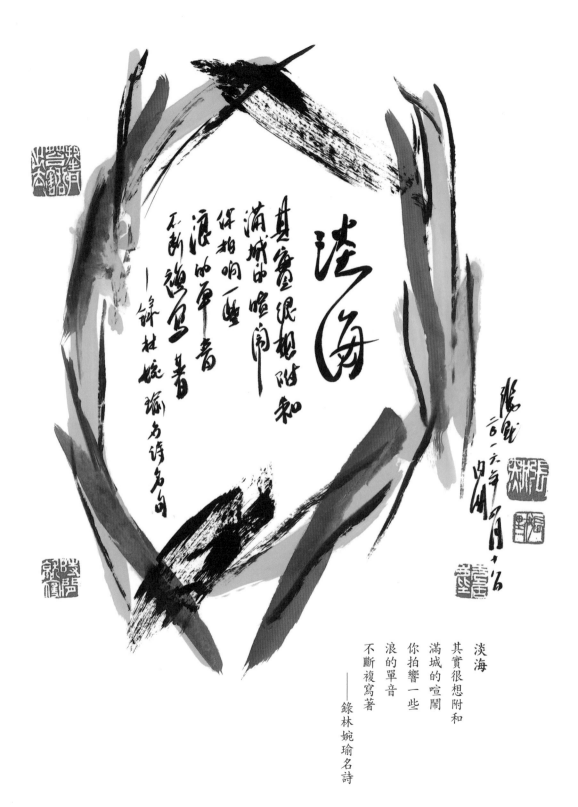

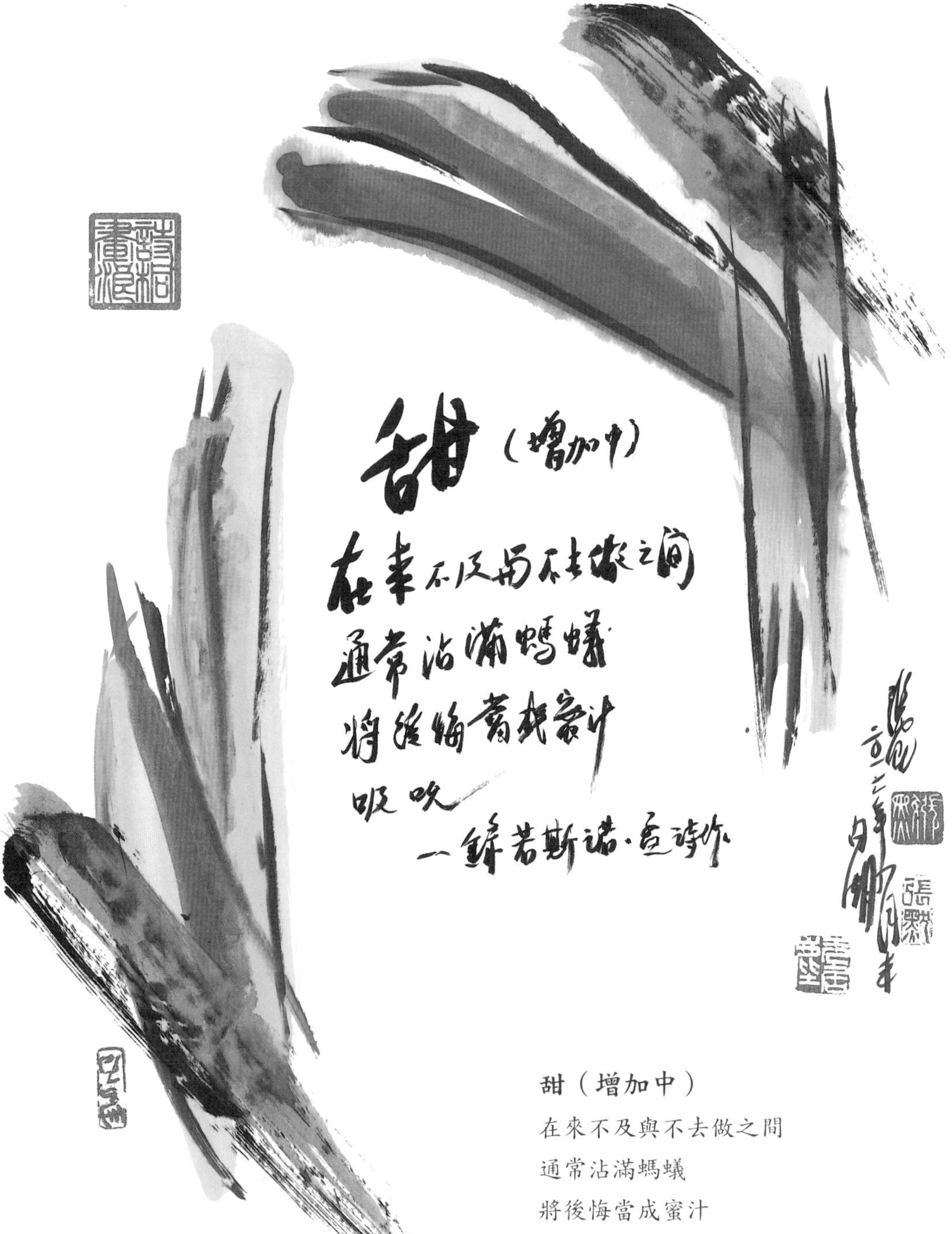

甜（增加中）

在來不及與不去做之間
通常沾滿螞蟻
將後悔當成蜜汁
吸吮

——錄若斯諾 · 孟詩作

暴力華爾滋

用槍托打碎太陽
用頭髮勒死聒噪的夜
我抱住天空搖星
所有星星都丟下了面具

——錄楊佳嫻名詩

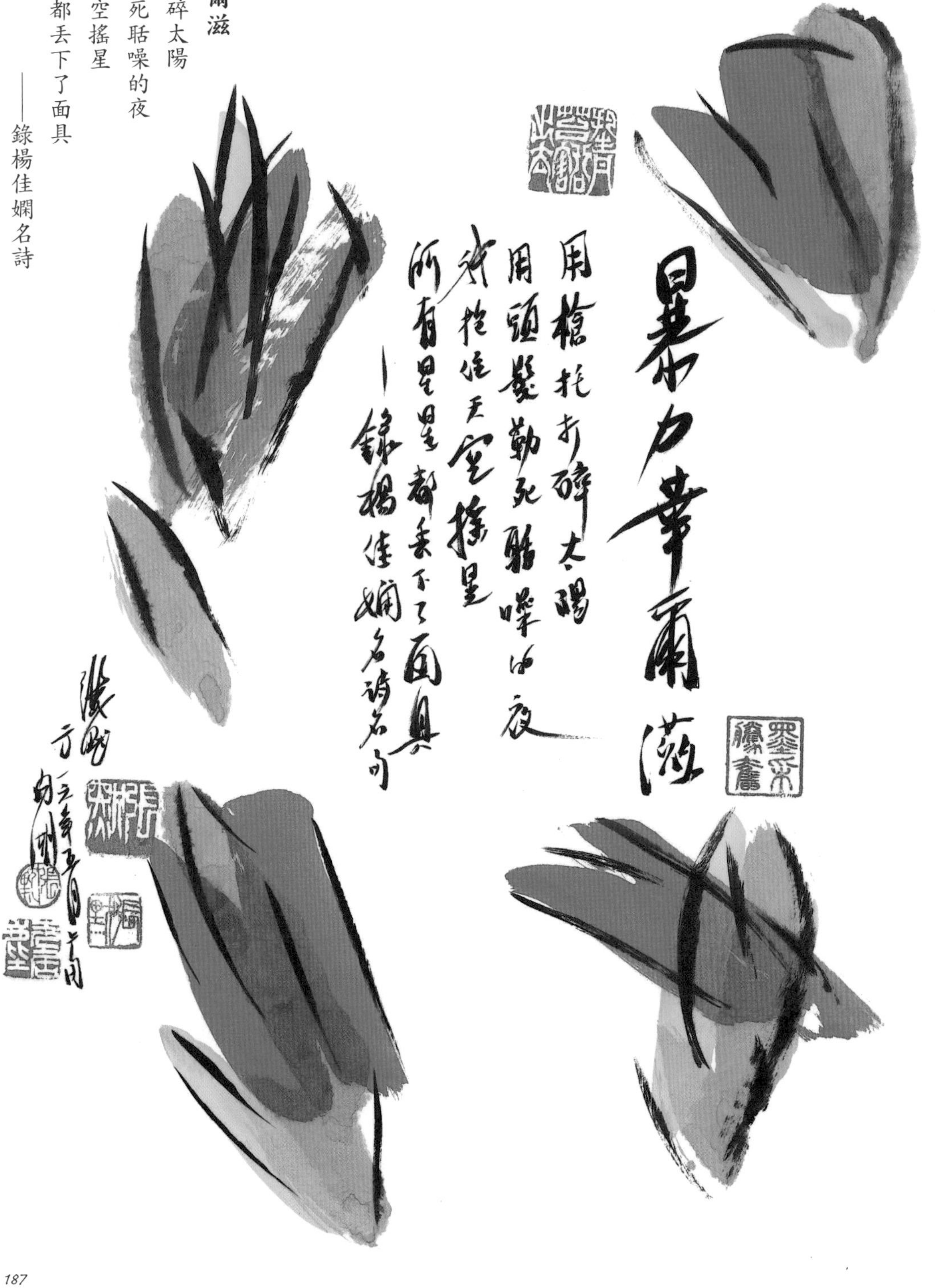

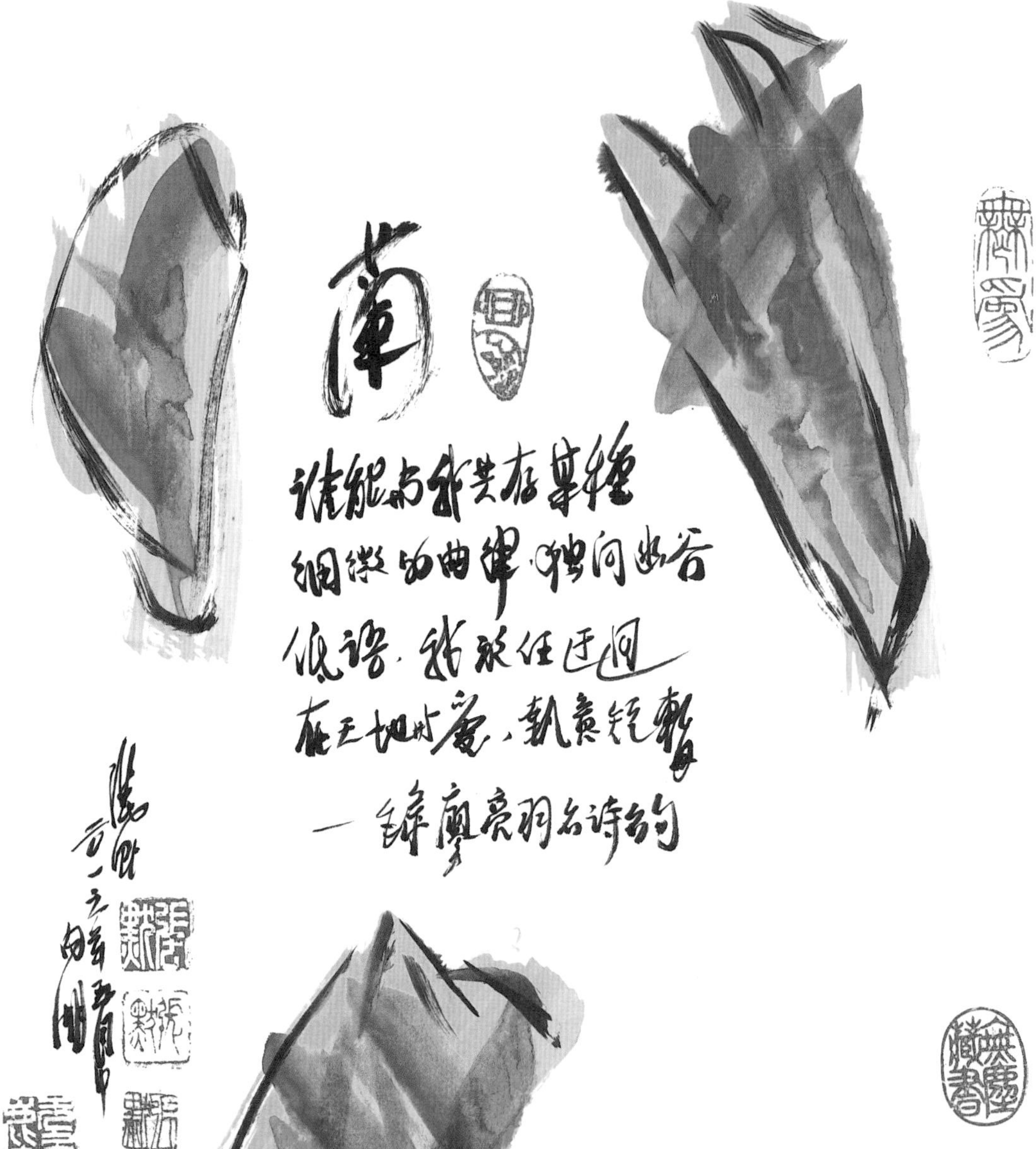

蘭

誰能與我共存某種
細微的曲律，獨向幽谷
低語，我放任迂迴
在天地與愛，執意短暫
——錄廖亮羽名詩

驚蟄

關上窗時，一點時間
沾附在手掌邊緣
水晶螞蟻熱心交換步足
群聚以為一小窪
——錄崔舜華名詩

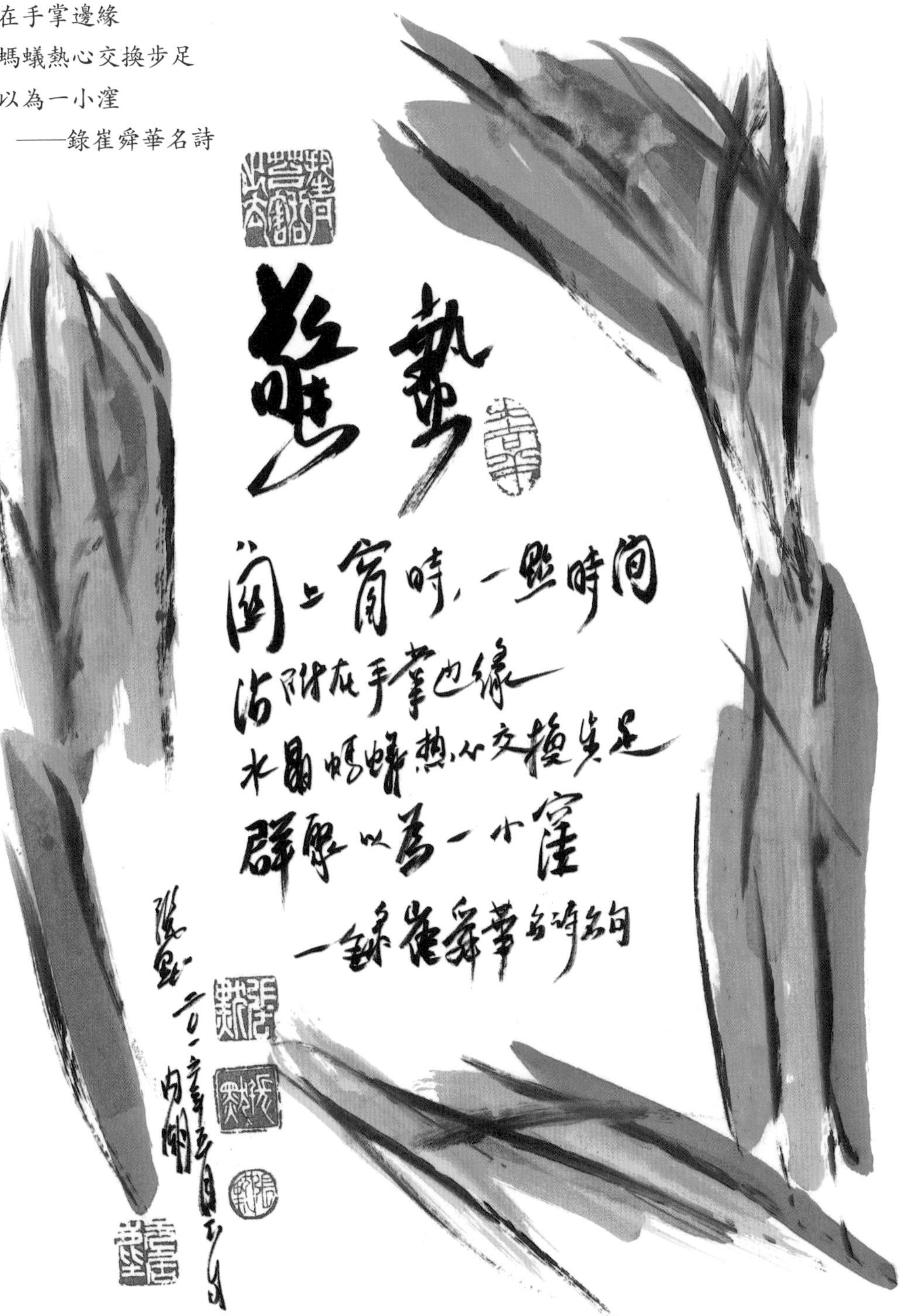

嘆美濃

屬於夜的雨

濕出一條路

通往月光自縊的靈山

——錄喜菡名詩

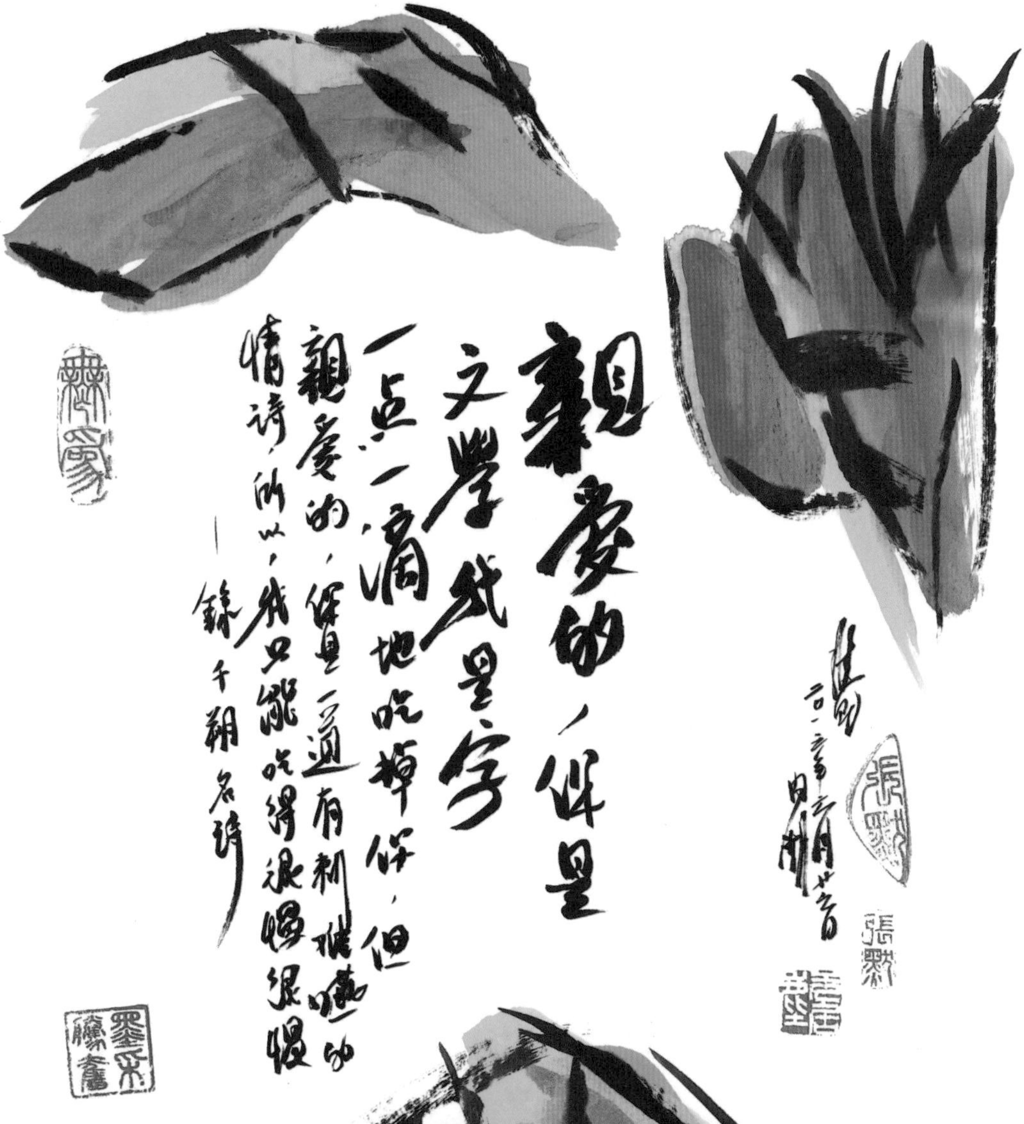

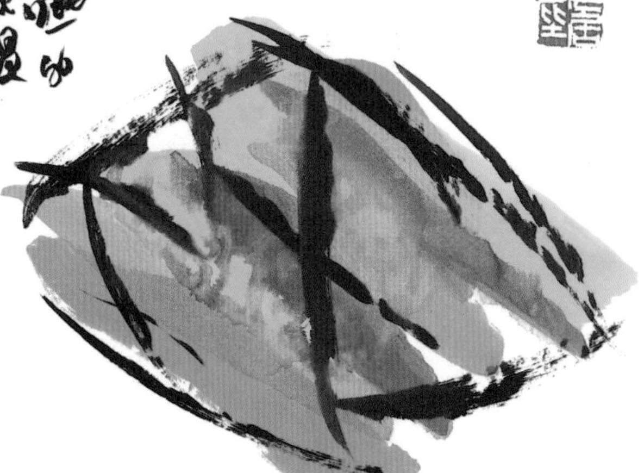

親愛的，你是文學我是字
一點滴滴地吃掉你，但
親愛的，你是一道有刺難嚥的
情詩，所以，我只能吃得很慢很慢
——錄千朔名詩

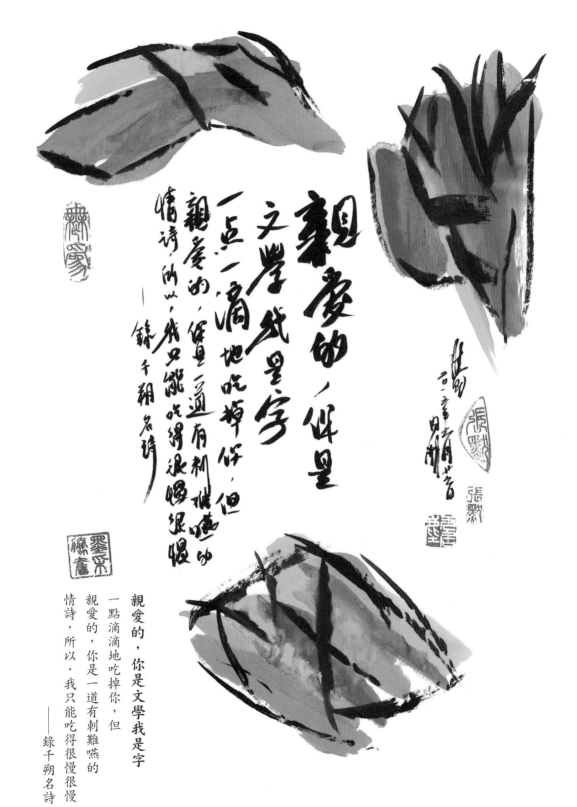

拍案

猛烈一擊，所有的文字
都跳起來，爭先恐後
想成為詩眼
——錄葉莎名詩

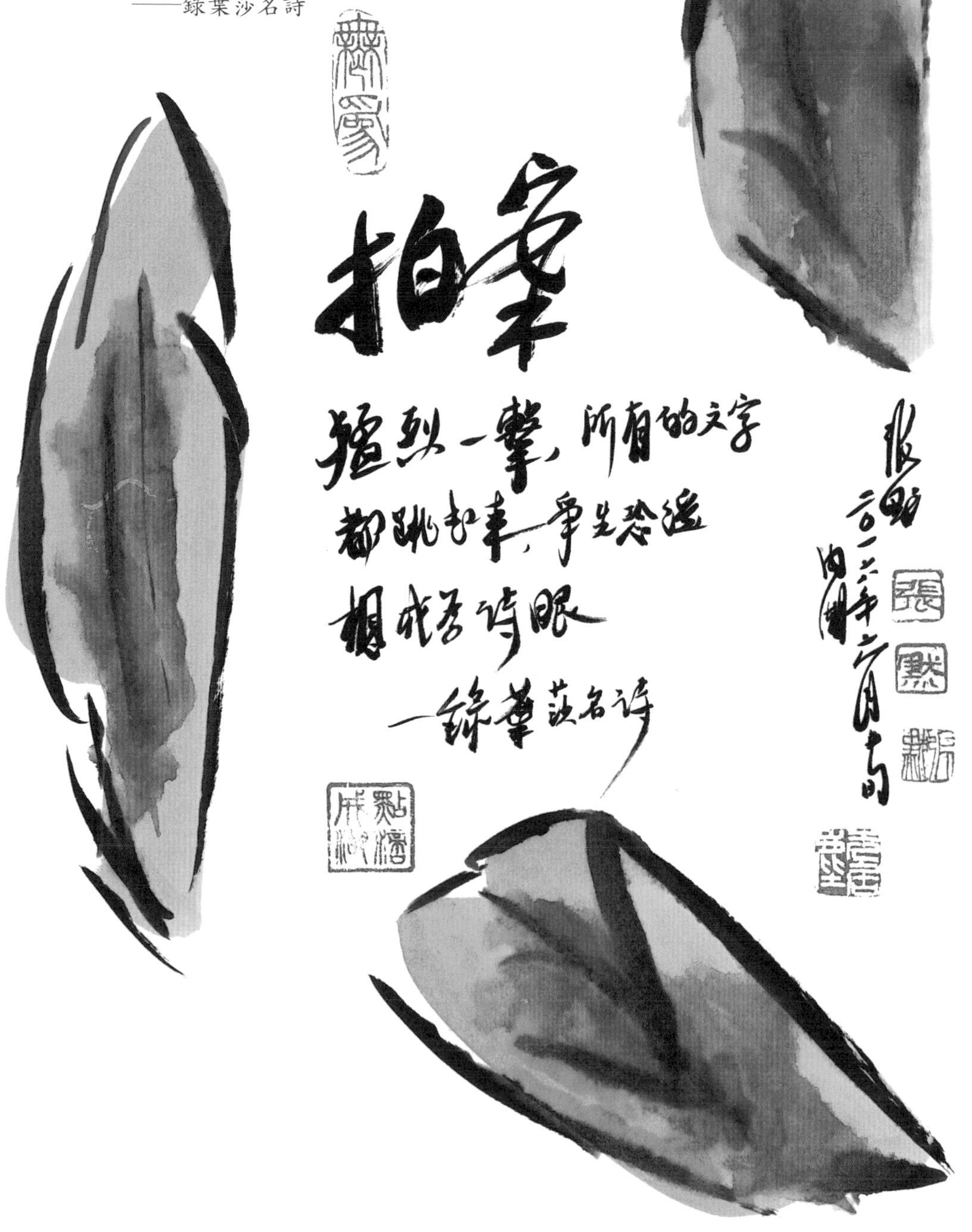

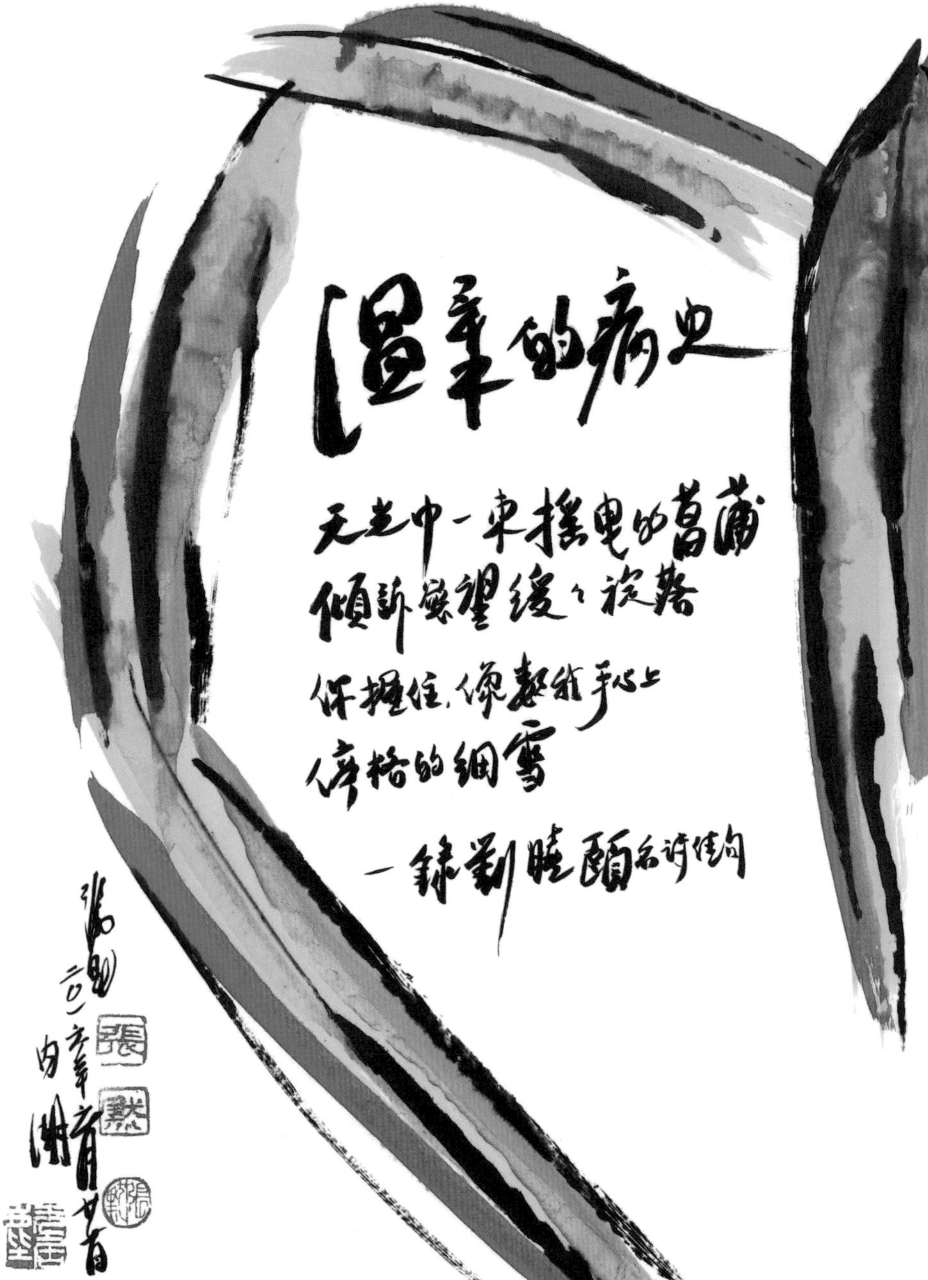

溫柔的病史

天光中一束搖曳的菖蒲
傾訴慾望緩緩旋落
你握住，像數我手心上
停格的細雪

——錄劉曉頤名詩

林中書房

也許該讓一些光滲過
你的思緒，像每片葉子
就此有了牠們的愛與信仰
在影子的背向……
——錄林禹瑄名詩

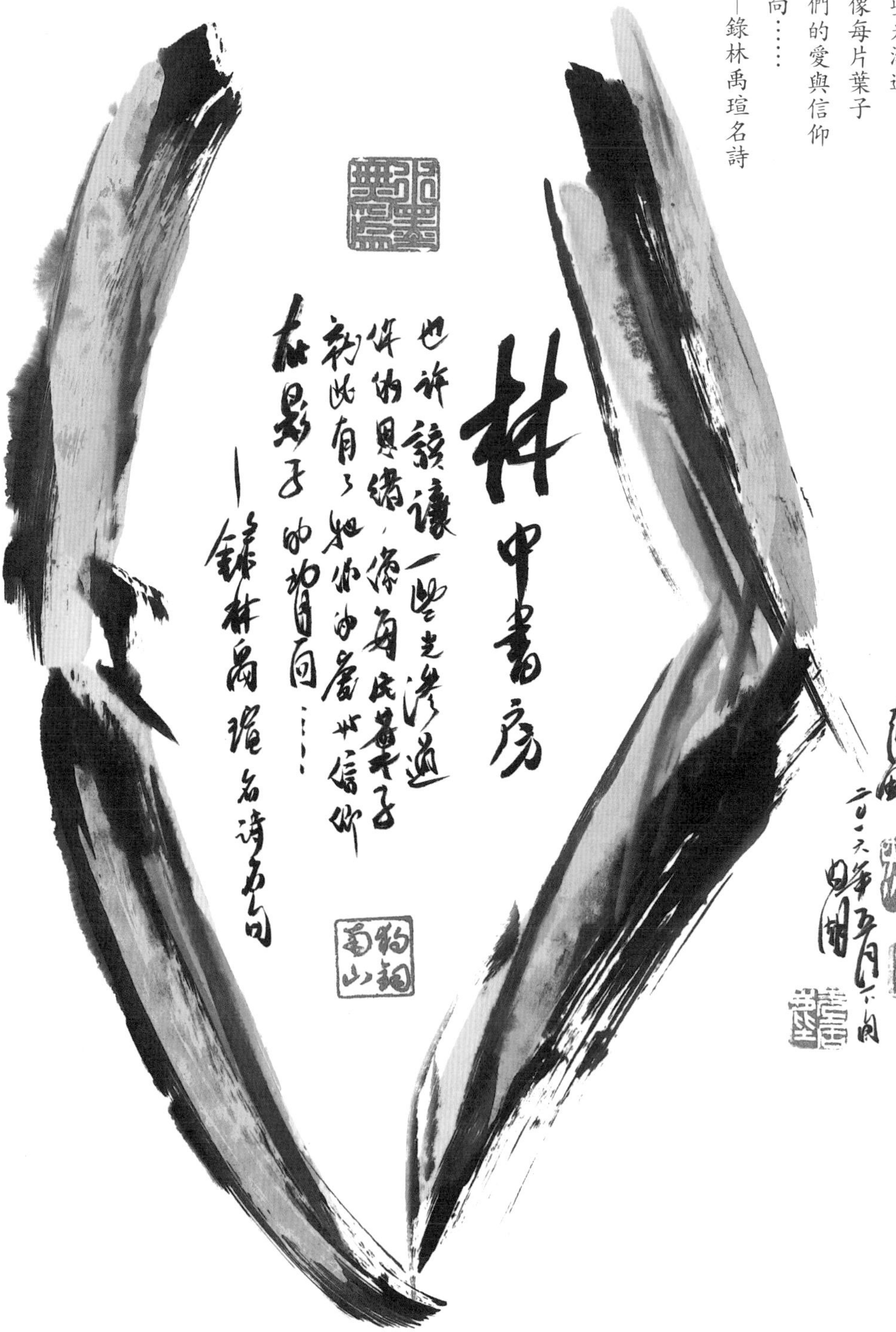

喜歡所有

喜歡所有，被歌聲
霸佔睡眠的夜晚，即便往後
總得跳過關於你的曲目

——錄楊婕名詩

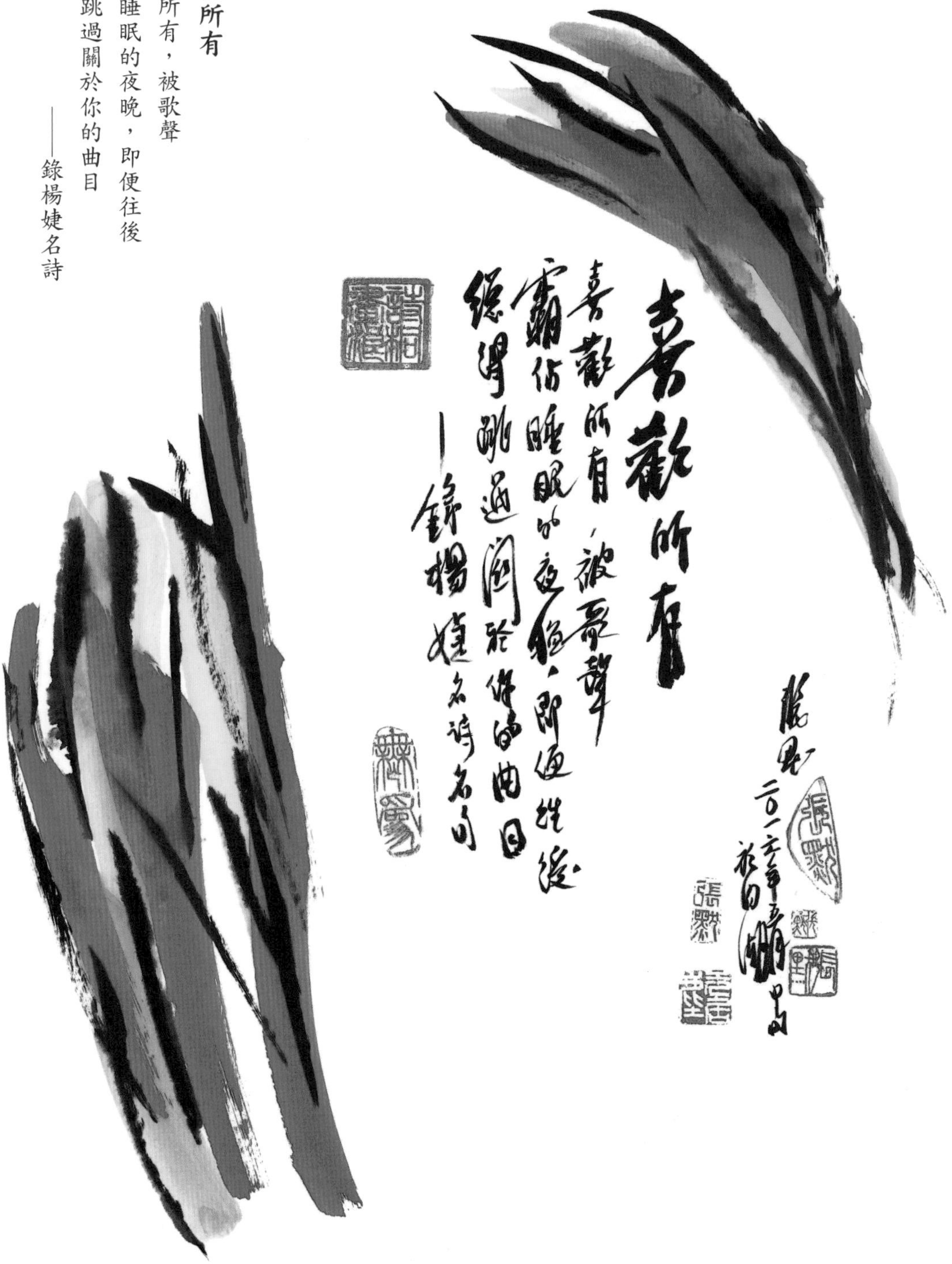

白露
餓了吃月亮
吃泡在水裏頭
越長越高的　荷花
——錄龍青名詩

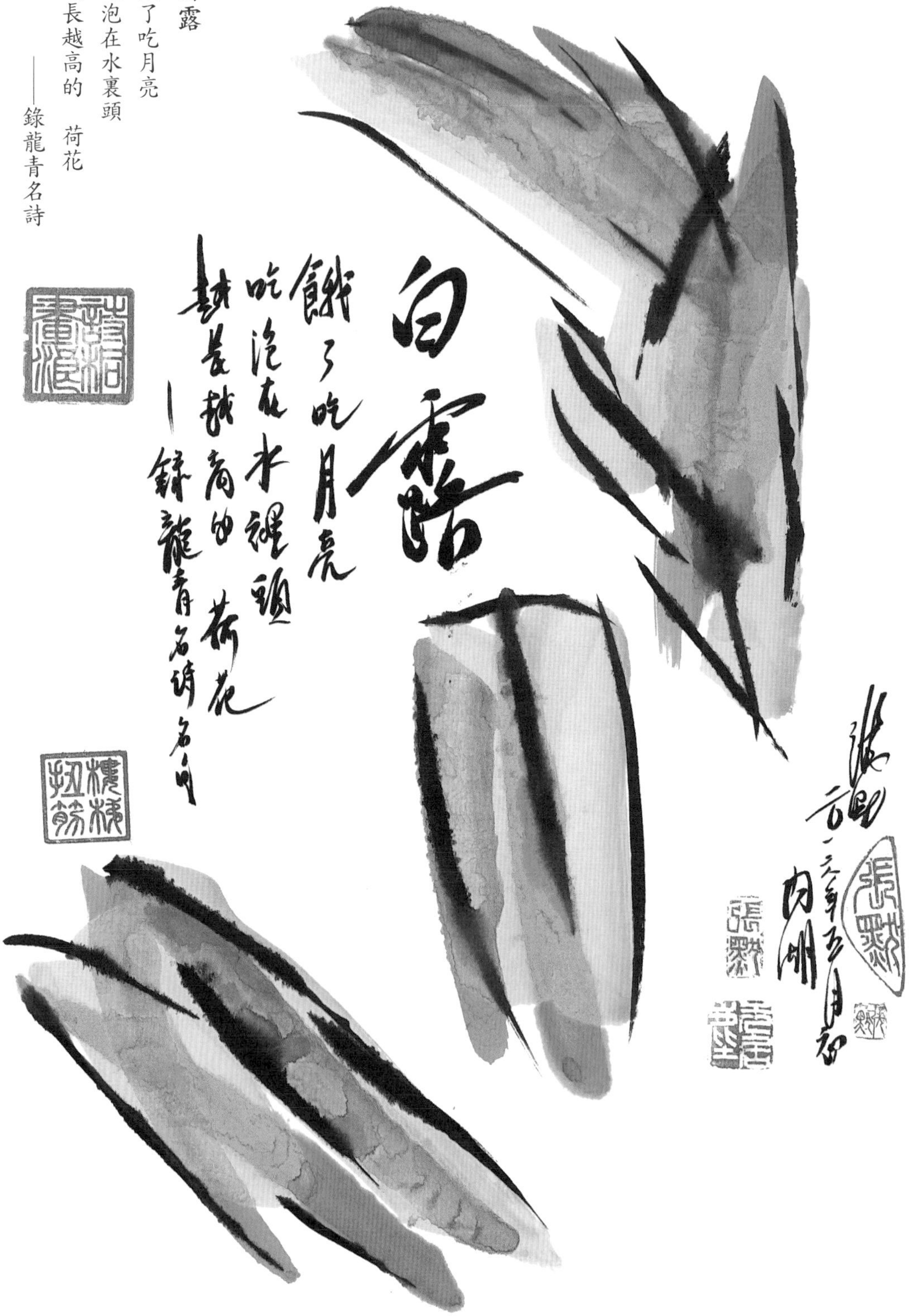

謝幕

我延續，堤岸羅織的
夢境與光，影子在
清晨的夾角對摺
　　　　　——錄田奴甄名詩

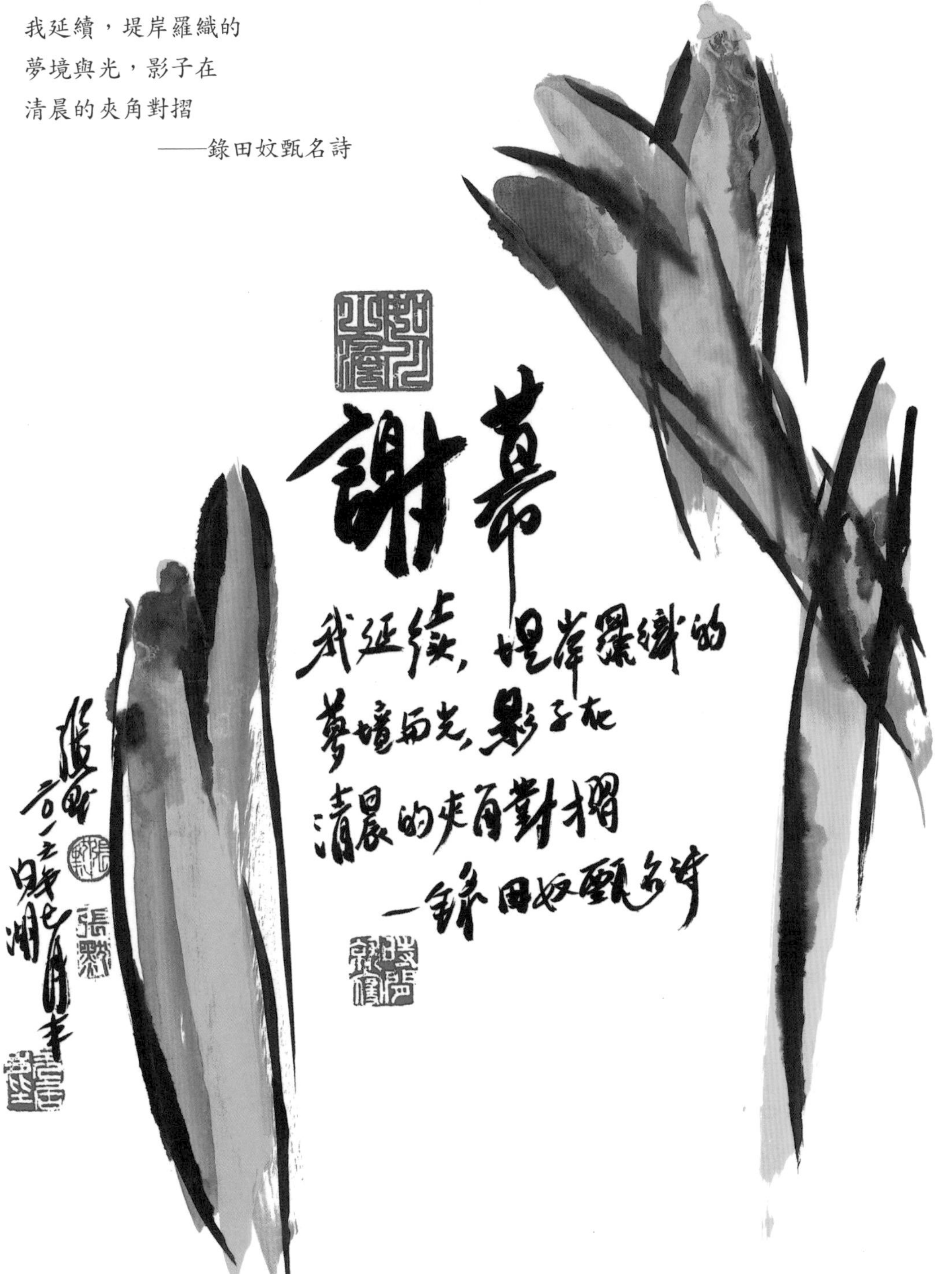

履歷表

不能如願，只好練習
抬頭蛙，一面挺胸吸氣
一面雙腿，捕捉
瀕危的夢境

——錄林儀名詩

低吟

清晨的臨鏡，自剖
溢出的意識，自行原地跳舞
墊起腳繞著圈轉

——錄鍾昀融名詩

【代後記】

以彩墨為新詩加花邊

——《水墨與詩對酌》後記

張默

a.

這是第一部充滿真摯、奔放、幽僻、多元的友愛之書。

它以水墨為主軸，選用台灣當代詩人從楊華（一九〇六—）到鍾昀融（一九九五—）等一百八十家的詩句，兩者互為主體，水乳交會，自五四迄今約八十年間，請問有誰能以八十六歲高齡幹過這種傻事。

嗨！嗨！哈里路亞，粲哉！快哉！

b.

回想今年三月初，筆者每天在內湖斗室，以兩個多小時，一心一意致力從事水墨抽象與詩相結合的創作，開始時以大小不等的宣紙，盡情在上面揮灑，如此這般耗去了一個月的時間，總計完成大小詩畫約一百多幀，個人再三檢視，總覺得缺少統一的規格，顯得雜亂無序，於是再仔細摸索思量，開始試著以五十七×四十五公分統一格式的宣紙，每天抄詩六家，以三行為準，再配以彩墨，如此試了一周，共畫了楊華、王白淵、紀弦、洛夫、林亨泰、方思、余光中、商禽、瘂弦、楊牧、葉維廉、辛牧、林泠、朵思、夐虹、古月等十餘家的詩畫，同時我也航寄數份給瘂弦、張堃，請他倆提供卓見，不久即接獲他倆的電話，對拙畫大加讚賞，認為從來沒有人去做的事，令我大大興奮了好一陣子。於是每天更振筆揮灑，盡量讓每一幅詩畫，都有鮮脆疏朗各各不同的新趣。如此行行復行行，到六月底，已完成一百八十幅，我把它們不時攤開在陋室客房裡，予以一一的檢視，期能發現其中某些疏漏與缺失，以便即時改正。

c.

其實，水墨抽象是永無終點的。筆者歷經三十多年不斷的摸索、實驗、創新、求變，個人以為空談無益，惟有每天孜孜不倦從事大力地揮灑，可能才有效益，只有自己在創作的過程中發現缺失，隨後，自省自覺不斷的改進，才能期其有成。

水墨抽象也仿若逆水行舟，不進則退，是極自然的事。就因為如此，大家才有絕對努力追求永續經營的苦心。

d.

本書概分二編，A篇係男詩人，共選楊華（一九〇六—）到宋尚緯（一九八九—）等一百二十家的詩句。B編係女詩人，共選陳秀喜（一九二一—）到鍾昀融（一九九五—）等六十家的詩句，合計為一百八十家。筆者難以細說當時創作這批詩畫的心境，但其間一直求新求變求好的信心是始終如一的。

是故我在專注揮灑創作的過程中，一直抱著實驗與創新，深深期望每一幅詩畫都能臻至我心中最璀璨的期許，不論是水墨顏彩大塊小塊的落筆，不論是整幅畫作空間的構成，不論是每一線條池邐的佈建，不論是濃淡疏密虛實氣氛的醞釀，在詩作書寫方面，也力求統一、平順、柔中帶鋼，期能於不經意間臻至「不繫之舟」（林泠語）那般飄逸的情韻。

e.

感謝所有被選入詩句的詩人，是你們的巧思結晶，得以讓拙畫有另類難以宣說的喜感。

感謝老友瘂弦、蕭蕭分別為本集撰寫十分精彩、帥氣、動人的序言。

感謝畫家老友蕭勤、李錫奇於八十年代中的指引，得意讓我與一些詩友勇於致力詩畫的創作，而無怨無悔。

感謝《文訊》月刊總編封德屏、主編杜秀卿長期陸續刊著本人的詩畫。

感謝九歌出版社，在總編陳素芳、編輯鍾欣純的規劃下，把本集設計製作得如此典雅精美。

總之，讓這一冊在坊間確屬另類的詩畫本，到時間的荷池去徜徉吧！請喜歡創新的愛書人勿忘多多收藏、點閱、檢視它，阿門！

——二〇一六年九月中旬於內湖無塵居

【附錄】

與時間拔河的人

——讀張默《水墨無為畫本》

古月

「我是一輩子喜歡與時間靜靜且親蜜的拔河，誰勝誰負，那不是我要的答案，一切由它去吧！」

張默，這位一輩子與時間拔河的人，又展現他以馬拉松的毅力和驚人的速度，繼今年（二〇一五年六月）印刻出版社的《水汪汪的晚霞》後，又完成了《水墨無為畫本》。朋友都知道張默說話速度快，一根腸子通到底有話直說，做起事來一絲不苟，是急性子行動派的人。他豪爽熱心卻行事低調。老友辛鬱生前在文訊出版《我們這一夥人》中寫張默說到：《創世記》就像他的孩子，甚至更像分身。這本達一甲子，橫跨兩個世紀的詩刊，雖然有多位參與者，若沒有他，敢斷言早就停刊了。

誠然，張默對詩與《創世紀》義無反顧的熱忱，總是默默地、靜靜地播種耕耘。且不說詩壇受他賞識提拔的後進有多少。單是從一九五四年十月與洛夫、瘂弦創刊迄今，除了約同期出發的《現代詩》與《藍星》早已停刊退出詩的舞台，晚生的詩刊如《笠》《葡萄園》及更晚的《台灣詩學》、《乾坤》、《野薑花》等尚健外，其間不乏許多新生詩社終因後繼無力而夭折，《創世紀》因有張默掌舵才穩如磐石。尤其近二十年來，洛夫、瘂弦早已選擇二度漂流，移民加拿大，編務及社務大多是以張默內湖的家為圓心來開展及承擔。由目宿媒體統籌拍攝的文學紀錄片，瘂弦《如歌的行板》與洛夫《無岸之河》去年十月兩部同時隆重上映；相形之下，被譽為「創世紀火車頭」「詩壇總管」「詩癡」的張默，竟是如此安靜而寂寞（引自楊宗翰：〈沒了創世紀，還有張德中〉）。

對於晚期信奉基督教的張默來說，他在台灣定居六十六年，只有存著感恩的心，讓他能在這塊美麗的土地上，無怨無悔為台灣新詩揮汗六十年。他曾說：「我覺得咱們這一代詩人，你到底占什麼位子，早已定好了，不必強求，應更謙卑，不要專為自己的名聲設想，把詩寫好，把書編好，把每件事做好比什麼都重要，否則只妄想歷史留名，有何意義？」於《創世紀》六十周年之際他正式交棒，卸下擔子不是因為老，自認健朗的他一方面放手給下一代，再則可輕鬆奔馳與時間力搏！

文人藝術家都有顆赤子心，遠在一九八四年底，由李錫奇、蕭勤共同策畫，於台北「新象藝術中心」舉辦「中國暨義大利當代詩人視覺詩畫聯展」。台灣詩人商禽、楚戈、辛鬱、杜十三、白萩、洛夫、張默、管管、碧果、瘂弦等十位。義大利詩人巴伐拉（Luca Maria Datellia）、沙奈西（Roberto Senesi）等六位，每家作品三幅。為了讓大家了解視覺詩的形式，李錫奇特邀詩人們到他光復南路畫室，實際操作怎樣用筆及彩墨，畫出個人最具特色的感覺。聯展期間有座談、詩劇場、詩吟唱等活動，現場還即興共同彩繪一長卷——黃河之水天上來。引起各大報爭相報導及藝文界的矚目。間隔一年李錫奇假台北「環亞藝術中心」再次邀約原班人馬舉行「視覺詩十人展」。自此喚起了張默的興趣，把創作「視覺詩」列為個人必修的功課，從此更傾心沉浸於水墨詩韻中樂此不疲。

極喜在微曦中，擁名帖而歌
懷素的狂草，自四壁間悠悠踱步
莫非怕大塊小塊的墨點如浮水印
把一已小小的方寸，無情地染織
從黎明到子夜，不過隨意打幾次噴嚏
世界剛剛入睡，我則裸體，開始一天浪漫的神遊

——張默〈天窗，莊周的蛺蝶〉

二〇一一年開始，他又興起用毛筆在宣紙長卷上抄寫各家詩人的現代詩孤本，在長十五公尺的紙上抄寫了十卷，於同年正式捐贈給國家圖書館。之後又擬新計畫著手抄詩共百卷新詩短卷，捐贈《文訊》月刊。不久又完成另一項工程，用毛筆浮雕台灣詩的風景，抄寫台灣老、中、青四代詩人一百八十六家，約六百三十首詩，由九歌出版社發行。

而今再以八十五歲高齡完成了他自稱「橫豎皆非抽象」的《水墨無為畫本》。抄詩作畫於他是一種難以言宣的「知」與「感」的結合，透過筆用某些參差突兀的景象，以無拘無束自由放浪的形式，在紙上、水中，甚至在血液中飛翔遨遊，達到一種忘我的境界，呈現出心中美麗的風景。他就像一個與時間拔河的人，他的步伐越走越快，越走越踏實，不但要將心中的風景畫出來、寫出來，更要印出來與大家分享。所以他每天不停地磨墨：

一磨，半畝方塘一鑑開
再磨，天光雲影共徘徊
三磨，問渠那得清如許
多磨，為有源頭活水來
咱們悠然；把朱老夫子幾部家喻戶曉的經典
一頁頁揉得落英繽紛，酒香十里

——張默〈磨墨，步履遲遲〉

張默說畫冊是他來台六十六年中出版的最後一本書。這一生經他之手共出了多少書，想必一時之間他自己也算不清，我們只能以著作等身來概括。但以他挺拔敏健的身手，蹲在胡桃木書桌上嬉笑著，每天以上等徽墨在大硯台上齜牙咧嘴的奔馳；磨、磨、磨，以墨磨人，人磨紙，紙磨墨，墨磨月，縱使步履遲遲，且與時間靜靜地、親蜜地拔河，以是再磨個二、三十年是可期待的。

——原載二〇一五年十二月十二日《聯合報・副刊》

九歌文庫 1238

水墨與詩對酌

編著者　張　默
責任編輯　鍾欣純
創辦人　蔡文甫
發行人　蔡澤玉
出版發行　九歌出版社有限公司
臺北市八德路3段12巷57弄40號
電話／25776564・傳真／25789205
郵政劃撥／0112295-1
九歌文學網　www.chiuko.com.tw
印刷　前進彩藝有限公司
法律顧問　龍躍天律師・蕭雄淋律師・董安丹律師
初版　2016年12月
定價　**380元**

書號　F1238
ISBN　978-986-450-033-8
（缺頁、破損或裝訂錯誤，請寄回本公司更換）

國家圖書館出版品預行編目(CIP)資料

水墨與詩對酌 / 張默編著. -- 初版. --
臺北市 : 九歌, 2016.12
面；　公分. -- (九歌文庫 ; 1238)
ISBN 978-986-450-033-8(平裝)

831.86　105019797